# ANNE HASTERT
# LIEBE GESUCHT – TOD GEFUNDEN

**ANNE HASTERT**

# LIEBE GESUCHT TOD GEFUNDEN

© 2022 Anne Hastert

Zweisprachige Homepage: www.lookandluxury.com

Cover, Layout: Dr. Matthias Feldbaum, Augsburg
Coverabbildung: Jaroslaw Kilian – istockphoto.com

Die Handlung ist teils frei erfunden. Die Namen der Protagonisten sind frei erfunden.

Das Werk, einschließlich seiner Teile, ist urheberrechtlich geschützt. Jede Verwertung ist ohne die Zustimmung der Autorin unzulässig und strafbar. Dies gilt insbesondere für die elektronische oder sonstige Vervielfältigung, Übersetzung, Verbreitung und öffentlich Zugänglichmachung. Zuwiderhandlung verpflichtet den Schadenersatz.

Bibliographische Information der Deutschen Nationalbibliothek: Die Deutsche Nationalbibliothek verzeichnet diese Publikation in der Deutschen Nationalbibliografie, detaillierte bibliografische Daten sind im Internet über dnb.de abrufbar.

TWENTYSIX
Eine Marke der Books on Demand GmbH

Herstellung und Verlag:
BoD – Books on Demand, Norderstedt

ISBN: 978-3-7407-8794-3

Amalia sieht wie so oft in letzter Zeit aus dem Fenster. In ihren kühnsten Träumen hätte sie sich einen solchen Albtraum nie vorstellen können. Sie ist absolut unerwartet einem traumatischen Ereignis ausgesetzt. Nur mühsam kämpft sie sich wieder ins normale Leben zurück.

Sie erinnert sich, als sei es gestern gewesen, an den Beginn der Sommerferien am 7. August 2010. Nach einem eher kühlen Juni und nassen Juli freute Amalia sich darauf, endlich mit ihrer besten Freundin Julia in den Italienurlaub zu fliegen. Die beiden wollten zuerst einige Tage in Rom verbringen und von dort aus mit dem Zug nach Florenz reisen. Nach einem ausgiebigen Besuch der Hauptstadt der Toskana sollten sie mit einem Mietauto nach Pisa und Lucca fahren, um letztlich einige Tage am Strand in der berühmten Versilia zu verweilen, einer Küstenlandschaft in der nordwestlichen Toskana.

Aber so kam es nicht. In der ewigen Stadt nahm das Schicksal bereits seinen Lauf.

In der italienischen Hauptstadt besuchten sie die touristischen Hotspots. Am weltbekannten barocken Springbrunnen warfen beide über die Schulter hinweg - einer alten Legende folgend - eine Münze in die „Fontana di Trevi". Sie erhofften sich Glück und ein baldiges Wiederkommen. Aber so kam es nicht. Das Schicksal stieß vor allem Julia in eine völlig andere Richtung. Die Entscheidung, diesem Pfad zu folgen, hatte jedoch nur sie allein getroffen. Das Kolosseum zog Julia in ihren Bann. Sie stellte sich vor, wie in dieser majestätischen Arena die Gladiatoren gegeneinander oder gegen wilde Tiere gekämpft hatten. Hätte Amalia nicht zum Aufbruch gedrängt, wäre ihre Fantasie noch stärker entflammt. Doch die historischen Mauern im größten Amphitheater der Welt waren für Julia nur der Auftakt einer dramatischen Reise in die Antike.

Sie wollte unbedingt so schnell wie möglich ins „Forum Romanum", das nur wenige Fußminuten entfernt liegt. Sie interessierte sich sehr für das politische, religiöse, wirtschaftliche und kulturelle Zentrum des antiken Roms. Als Gymnasiallehrerin für die Fächer Italienisch und Geschichte war Julia in ihrem Element. Hier fühlte sie sich der Historie Roms so nah wie an keinem anderen Ort in dieser Stadt. Sie geriet fast in Ekstase, als ihre nackten Fußsohlen die Pfade berührten, auf denen früher Cicero, Caesar und Augustus gelaufen waren. Ebenfalls schien ihr Redefluss ungebremst zu sein. Sie informierte Amalia über jedes noch so winzige Detail und diese folgte ihr wortlos in der glühenden Mittagssonne. In den Ruinen des einst stolzen „Forum Romanum" saugte Julia scheinbar die Kraft der römischen Kaiser auf, welche zur Zeit des Römischen Reiches überall spürbar gewesen war. Amalias Interesse am Weltkulturerbe der UNESCO war ebenfalls hoch. Sie konnte jedoch trotz größter Anstrengung Julias Begeisterung für dieses antike Freiluftmuseum nach drei Stunden nicht mehr teilen. Sie fand die haushohen Säulen, die monumentalen Mauern, die grandiosen Triumphbögen einfach nur noch eintönig. Ob es an den unerbittlichen Sonnenstrahlen lag oder an Julias kontinuierlichem Informationsfluss, Amalia sehnte sich lediglich nach einer schattigen Ruhepause. Sie begleitete daher ihre Freundin nicht mehr auf den Palatin, sondern schlenderte durch die verwinkelten und pittoresken Gassen auf der Suche nach einem ruhigen Plätzchen. Vor einer unscheinbaren, kleinen Eisdiele fand sie einen freien Ecktisch und bestellte ein cremiges, großes Eis, eine Kombination aus Fior di Latte und Stracciatella. Während ihr Gaumen und ihre Augen sich am Eisbecher ergötzten, schweiften ihre Gedanken kurz zum Palatin, der Wiege Roms. Schenkte man einer

Sage Glauben, dann hatte Romulus im 8. Jahrhundert vor Christus (753 v. Chr.) genau dort die Stadt gegründet.

Am Abend stand ein ganz spezielles Erlebnis auf dem Programm. Julia hatte von einem Konzert mit gregorianischen Gesängen in der Basilika „Santa Maria Immacolata" gelesen. Das Besondere an dieser Aufführung war nicht der Gesang, sondern der Ort: die Messkapelle, der einzige Ort in der Kapuzinergruft, an dem keine Gebeine sichtbar sind. Die Kirche beherbergt in der Tat im Untergeschoss eine einmalige Krypta mit fünf unterschiedlichen Knochenräumen. Alles, was dort ausgestellt ist, ist aus menschlichen Gebeinen kunstvoll gefertigt worden. Sogar der Kronleuchter, der den Besuchern den Weg beleuchtet, besteht lediglich aus Knochen. Ebenfalls verzieren die sterblichen Überreste der verstorbenen Kapuzinermönche den langen, engen Flur, der die fünf Räume miteinander verbindet. Die Stufen zur Gruft hinunter ließen Amalias Herz bereits höher schlagen. Ehe sie sich in ihrer Fantasie düstere Geschichten vom Schicksal der Verbliebenen ausmalen konnte, fiel ihr Blick auf folgendes Schild: „Quello che voi siete noi eravamo; quello che noi siamo voi sarete". Da sie im Gegensatz zu Julia der italienischen Sprache nicht mächtig war, übersetzte ihre Freundin: „Was ihr seid, sind wir gewesen, was wir sind, werdet ihr sein". Noch bevor sie oder Amalia diese Aussage bestätigen konnte, unterbrach ein smarter Mann die beiden: „Ja, das stimmt. Diese Aussage ist und bleibt für die Ewigkeit der Wahrheit verpflichtet. Der Tod wartet auf uns alle. Ich bin Mark." Die beiden Freundinnen stellten sich ebenfalls vor. Als Mark Julias Vornamen erfuhr, konnte Amalia ein eigenartiges Lächeln in seinem Gesicht erkennen. Diesem geheimnisvollen Schmunzeln schenkte sie allerdings keine weitere Aufmerksamkeit mehr. Nach dem

Chorkonzert gesellte sich Mark zu den beiden und erzählte von den dekorativen Totenköpfen und den facettenreichen Symbolen, welche überall in den Grüften zu finden seien. Als Beispiel erwähnte er die zahlreichen Uhren und berichtete weiter: „Die Schädelgruft beherbergt vorwiegend Schädel und Schulterblätter, die Beckengruft ist übersät von Wirbel- und Beckenknochen. Die Auferstehungs-, die Schienbein- und Oberschenkelgruft sowie die Gruft der drei Skelette weisen allerdings verschiedenartige Knochen und zierliche Skelette, zum Beispiel Neugeborenen- und Kinderskelette auf." Ganz im Gegensatz zu Amalia und Julia schien Mark sich in diesem makabren Ambiente wohl zu fühlen. Er wollte ihnen jede einzelne Knochenkammer zeigen. Es seien Kunstwerke der besonderen Art, mit denen die Mönche zeigen wollten, wie unbedeutend der Teil des Lebens im Diesseits sei, meinte er. Die beiden Freundinnen lehnten kategorisch ab. Sie wollten diesen absolut schaurigen Ort so schnell wie möglich verlassen und beschlossen, gemeinsam mit dem charmanten Mark, einen Verdauungsschnaps zu trinken. Irgendwie schlug die gruselige Atmosphäre in der gespenstischen Krypta den Frauen auf den Magen. Mark gab vor, sich in Rom auszukennen, und entführte die beiden in eine nahegelegene schmucke Bar. Er schaffte es sogar, Julia vom Genuss des italienischen Prosecco zu überzeugen, obwohl sie Schaumwein eigentlich verabscheute. Julia wollte wissen, ob Mark ein leidenschaftlicher Konzertgänger sei. „Nicht unbedingt", erwiderte er und fügte hinzu: „Ich bin lebenshungrig und ständig auf der Suche nach etwas Neuem." In den folgenden Stunden erzählte er von seinen bisherigen Kunst-, Kultur- und Studienreisen und offenbarte sich als interessanter Gesprächspartner. Nach der Schließung des Lokals bestand er darauf, die beiden Frauen zu ihrem Hotel in der Nähe des Pantheons zu begleiten. Seiner Meinung nach würden sich zu dieser späten Nachtstunde etliche unheimliche Gestalten in den engen Gassen herumtreiben. „Elegante und grazile Frauen wie ihr dürfen keiner Gefahr ausgesetzt werden, ich bringe euch sicher bis zu eurer Unterkunft und füttere euch zusätzlich mit Fakten über das sagenumwobene Pantheon", versicherte er in einem selbstbewussten Ton. „Nicht noch jemand, der mich heute mit Informationen zutextet", dachte Amalia. Leider wurde ihre Bitte nicht erhört. Das einstige Heiligtum aller Gottheiten mit seiner atemberaubenden, selbsttragenden Kuppel stellt zweifelsohne eine architektonische Meisterleistung der römischen Antike dar und ist somit keineswegs aus einem Rombesuch wegzudenken. Allerdings hätte Amalia gerne auf Marks Ausführungen über den exakten Durchmesser, die genaue Höhe der Kuppel wie auch auf die Details über die sich im Pantheon befindenden Gräber von Königen, Malern, Komponisten und weiteren berühmten Persönlichkeiten verzichtet. Nach einer Weile hörte sie Mark einfach nicht mehr zu. Julia hingegen war von Marks Wissen fasziniert und meinte: „Ich bin Lehrerin für Geschichte, habe viel über das Pantheon gelesen, aber jetzt erst fühle ich mich wirklich vorbereitet und kann morgen zuversichtlich das Innere dieses antiken Bauwerkes besichtigen." „Ohne mich", dachte Amalia. Vor der Eingangstür des Hotels bedankte Mark sich höflich für den schönen Abend und verschwand im Dunkeln.

Im Zimmer sprachen Julia und Amalia noch lange über ihn. Während er für letztere - trotz seiner freundlichen Art und gebildeten Erscheinung - eher ein komischer Kauz, ein schräger Vogel war, bedauerte Julia, ihn nicht nach seiner Telefonnummer gefragt zu haben. „Ich kenne nur seinen Namen, Mark

Metzler. Hätte ich ihn doch nach seinen Kontaktdaten gefragt, dann hätten wir uns vielleicht einmal in Deutschland treffen können. Ich weiß nicht einmal, wieweit er von Frankfurt entfernt wohnt". „Ach Julia", seufzte Amalia, „vergiss diesen bizarren Typen! Die Redewendung ‚ein Mann, ein Wort - eine Frau, ein Wörterbuch' hat immer zu dir gepasst, allerdings muss ich jetzt dieses Zitat umformulieren: meine beste Freundin Julia ein ellenlanges Wörterbuch, Mark ein maßloses Nachschlagewerk. Schlaf jetzt! Morgen wird ein anstrengender Tag. Er hätte ja auch um deine Nummer bitten können." Während Amalia vor sich hinschlummerte, dachte Julia immerfort an diesen Mark. Sie durchstöberte sogar alle sozialen Portale, aber Mark war in keinem sozialen Netzwerk zu finden.

Der letzte Tag in Rom sollte hauptsächlich der Vatikanstadt gewidmet sein. Bereits beim Frühstück äußerte Julia ihren Wunsch, einen ausgiebigen Besuch des Pantheons zu unternehmen. Beide einigten sich darauf, zuerst die Engelsburg mit der Engelsbrücke und dann den Vatikan mit der Sixtinischen Kapelle zu besichtigen. „Liebe Julia", bemerkte Amalia, „wenn du dich mit deinen Erklärungen zurückhalten, mich nicht über jeden einzelnen Stein oder jede einzelne Säule belehren und dich weniger detailversessen verhalten würdest, dann wäre am Nachmittag Zeit für das Pantheon übrig." Amalia mochte es wirklich, mit ihrer Freundin zu verreisen, aber manchmal konnte sie ihr lehrerhaftes Verhalten nicht ertragen. Obwohl die Engelsburg in Rom auf eine lange Geschichte zurückblickt, zügelte die gesprächige Julia ihren Unterrichtsdrang bereits beim Überqueren der Engelsbrücke, die direkt auf das „Castel Sant' Angelo" zuführt. Auch im Inneren des ehemaligen Grabmals hielt sie sich mit ausschweifenden Erklärungen zurück, was ihr sichtlich schwerfiel. Am Petersplatz platzten dann doch die Wörter wie ein Wasserschwall heraus: „In der Vatikanstadt leben fast 850 Personen, von denen um die 570 die vatikanische Staatsangehörigkeit besitzen. Der Vatikan selbst zählt jedoch weit über 3.000 Mitarbeiter. Jeder, der für den Vatikan arbeitet, muss nicht nur katholisch sein, sondern auch vor zwei Priestern schwören, absolutes Schweigen über seine Tätigkeit zu bewahren." Julias Redefluss war nicht mehr aufzuhalten. Sie gab - wie ein Reiseführer - Auskunft über die Amtssprache (offiziell Latein, de facto Italienisch), die Flagge, das Wappen, die Massenmedien (Radio Vatikan, Vatikanische Tageszeitung und Vatikanisches Fernsehzentrum), den Nationalfeiertag (zurzeit fällt er auf den 13. März – den Tag der Wahl von Papst Franziskus), das Staatsoberhaupt, die Schweizer Garde (Hauspolizei), die Staatsform (absolute Wahlmonarchie) der Vatikanstadt. Bevor sie die Geschichte dieses Stadtstaates erläutern wollte, schrie Amalia einen energischen Stopp aus. „Es reicht, ich will jetzt in den Petersdom und alles, was ich sehe - ohne irgendwelche Erklärungen - auf mich wirken lassen." Julia folgte ihr widerwillig, aber schweigsam durch die größte Kirche der Welt bis hinauf zur Kuppel. Endlich konnte Amalia die beeindruckende Atmosphäre, welche der Hauptsitz der Katholischen Kirche ausstrahlte, in sich aufsaugen. Sie bewunderte - umgeben von Touristen aus aller Welt - „im Stillen" die Schönheiten dieser barocken und prunkvollen Kirche. Auch im Aufzug, welcher zur Kuppel befördert, hielt Julia sich zurück, allerdings musste sie, wie jeder Besucher, nach dem Ausstieg zusätzlich 320 enge Stufen hochlaufen. Oben sprudelte - wie ein tosender Wasserfall - alles aus ihr heraus: „Was für ein erhabenes Gefühl hier oben zu stehen, mit einem 360 Grad Rundumblick auf die Dächer der Ewigen Stadt und den Vatikan mit seinen berühmten Gärten und Museen." Amalia wäre noch gerne etwas länger geblieben, aber Julia wollte unbedingt noch ins Innere der Kuppel. Amalia befürchtete erneut einen längeren Vortrag und unterbrach ihre Freundin, indem sie an den geplanten Besuch der Sixtinischen Kapelle in den Vatikanischen Museen erinnerte. Zugleich forderte sie Julia erneut auf, sich auch an diesem heiligen Ort zu bändigen, an den Fresken vorbei zu schlendern und lediglich bei den berühmtesten Gemälden der Welt, wie zum Beispiel der Erschaffung Adams und dem Jüngsten Gericht von Michelangelo, länger zu verweilen. Dies war allerdings leichter gesagt als getan. Julia konnte einfach nicht anders. Sie musste sich auch die Wandgemälde berühmter Künstler der Renaissance genauer ansehen. So blieb sie detailverliebt vor den Werken von Sandro Botticelli, Pietro Perugino, Cosimo Rosselli, um nur einige zu nennen, stehen. Nach mehreren Stunden blickte sie zufällig auf ihre Uhr und musste erschrocken feststellen, dass das Pantheon in zwei Stunden schließen würde. Raschen Schrittes schaute sie sich die noch nicht gesehenen Gemälde an und verließ in Windeseile die Vatikanstadt. Amalia hetzte ihr hinterher, jedoch nur bis zur Piazza Navona. Dort setzte sie sich auf eine der Terrassen mit Blick auf den Brunnen der vier Ströme, ein barockes Meisterwerk von Bernini. Sie bestaunte die vier muskulösen Statuen bei einem hausgemachten Tartufo, einer klassisch italienischen Eisspezialität, ohne weiter über deren Symbolhaftigkeit nachzudenken. Sie genoss es, alleine, an einem der schönsten Plätze Roms, dem sogenannten Wohnzimmer der Römer, zu verweilen. Sie wollte den sonnigen Tag beschaulich ausklingen lassen, wohlwissend, dass sie später im Hotel ausführlich über Julias Besuch im Pantheon unterrichtet werden würde. Es grauste ihr insgeheim bereits vor Julias umfassenden Schilderungen, aber so war ihre Freundin. Während Amalia sich eher auf müßige Stunden an einem Strand freute, liebte Julia die Großstädte. Die damalige Reise sollte jede der beiden beglücken: während die eine in Rom, Florenz, Pisa und Lucca die antiken Bauwerke minutiös durchwandern wollte, sollte die andere ihre Ruhe am Strand in der Versilia finden.

Nach ihrer Rückkehr im Hotelzimmer am frühen Abend musste Amalia angsterfüllt bis nach Mitternacht auf Julia warten. Obwohl sie sich um 20:00 Uhr treffen sollten und Julia immer sehr zuverlässig war, kam sie nicht. Amalia schaute mehrmals auf ihr Handy, aber keine Nachricht von ihrer Freundin. Mittlerweile waren bereits zwei Stunden vergangen und Amalia hatte noch immer kein Lebenszeichen von Julia bekommen. Sie hatte sie schon mehrmals versucht anzurufen, ihr sogar auf die Mailbox gesprochen, aber keine Antwort erhalten. Langsam sorgte sie sich und vermisste sogar Julias Bericht über den Besuch des Pantheons. Auch malte sie sich bereits die unterschiedlichsten Szenarien aus. Ihrer blühenden Fantasie waren in diesem Moment keine Grenzen mehr gesetzt. Sie sah beispielsweise Julia blutüberströmt in einer Notaufnahme liegen oder schwer verletzt durch eine dunkle Gasse auf allen Vieren kriechen oder ihre Freundin nach einer Vergewaltigung auf einer Müllhalde liegen.

Endlich fiel die Tür ins Schloss und Julia betrat das Zimmer. Ehe Amalia sie beschimpfte, weil sie sie nicht hatte erreichen können, hatte sie Julia heftig umarmt. Diese zeigte überhaupt kein Verständnis für Amalias Sorgen. „Nun bin ich einmal zu spät, gönn mir doch meinen Spaß, ich bin doch kein Kleinkind mehr, ich weiß, was ich tue!" Amalia verstand ihre Freundin nicht mehr. „Natürlich freue ich mich, wenn du eine schöne Zeit hattest, aber ich habe mir ernsthafte Gedanken gemacht. Du hättest Bescheid geben können. Eine SMS mit der Angabe ‚Komme nach Mitternacht oder komme erst morgen früh, Details später' wäre völlig ausreichend gewesen. Das Pantheon schließt außer am Sonntag stets um 19:30 Uhr und wir sind für 20:00 Uhr verabredet gewesen", fügte Amalia hinzu. „O.k., du hast ja recht, ich hätte mich melden müssen, aber ich habe Mark wieder getroffen. Stell dir vor, zufällig ist auch er im Pantheon gewesen. Als er mich angesprochen hat, habe ich vor lauter Aufregung fast kein Wort über meine sonst so redseligen Lippen gebracht. Leider hat die Zeit nicht ausgereicht, um Raffaels Grab akribisch zu begutachten. Aber Mark hat vorgeschlagen, mir bei einem Glas Prosecco seine Fotos zu zeigen, welche er heute geschossen hatte. So könne er mir - dank der Bilder - präzisere Auskünfte liefern. In der Tat hat dieser Anschauungsunterricht mir das Gefühl vermittelt, jetzt wirklich alles über die in christlichen Zeiten genutzte Grabstätte zu wissen. Hier liegen bedeutende Künstler, wie Raffael Santi, Annibale Carracci, Baldassare Peruci, Perino del Vaga, Arcangelo Corelli." Bevor sie weiter Namen von Persönlichkeiten oder womöglich auch noch deren Lebensgeschichte - wie auswendig gelernt - aufzählen konnte, unterbrach Amalia sie und fragte, ob sie nichts anderes zu erzählen wisse, als stets über Verstorbene zu sprechen. „Aber römische Grabstätten sind doch ein wahrlich abenteuerliches Thema. Auch Mark hat die Ansicht vertreten, dass sie einen unterhaltsamen Stoff für viele Stunden bieten würden. Wir haben uns über die Entstehung der unterirdischen Totenstätten des Alten Roms und die römischen Bestattungsrituale unterhalten. Glücklicherweise habe ich während meines Studiums ein Seminar über die ältesten Grabstätten der Christen in Rom besucht und mich an einiges noch erinnern können." „Ich weiß noch allzu gut, wie du dich damals über deinen Professor aufgeregt hast. Er hat dir und deinen Kommilitonen Fotos von fast unversehrten menschlichen Überresten gezeigt. Du hast ihn sogar den Gruselprofessor genannt, als er euch völlig unerwartet in einer Unterrichtsstunde von einem Museum in Rom berichtet hat, welches angeblich mumifizierte Köpfe, Neugeborene in einer Formaldehydlösung und krankhafte Skelette ausstellen würde. Du hast damals nur ein einziges Wort dafür übriggehabt: unheimlich. Wäre es nicht ein Pflichtseminar gewesen, hättest du es nicht mehr besucht. Sei ehrlich." „Ja, das stimmt. Aber mit Mark ist es irgendwie anders." „Oh ja, Mark scheint ein unheimlicher Typ zu sein. Er ist ein ungeheuerlicher Freak." Amalia wollte mehr wissen und fragte Julia: „Arbeitet Mark vielleicht als Bestatter oder Forensiker und verfolgt seinen Beruf auch in der Freizeit mit ungebremster Leidenschaft?" Julia wusste es leider nicht. Sie hatte ihn nur nach seiner Telefonnummer gefragt.

Am darauffolgenden Nachmittag verließen die beiden ihr Hotel und fuhren mit dem Bus zum Hauptbahnhof, um den Zug nach Florenz zu nehmen. Während der gesamten Fahrt sprach Julia nur von Mark. Nach vielen Enttäuschungen in ihrem bisherigen Liebesleben glaubte sie, endlich den Richtigen gefunden zu haben. Amalia war eher skeptisch, aber sie wollte ihrer Freundin die Illusion an die wahre Liebe nicht rauben. Stillschweigend wünschte sie, dass Julias Gefühle sich als

Blütentraum entpuppen würden. Und hätte sie damals gewusst, was sie jetzt über Mark weiß, sie hätte alles getan, um Julia den Kontakt zu verbieten. Manchmal macht sie sich immer noch Vorwürfe, weil sie nichts gemerkt hatte. Sie gab sich sogar zeitweise die Schuld an dem, was passiert war.

An ihrem ersten Abend in Florenz, dem Paradies der Museen und Künste, schlenderten die beiden lediglich über den weltbekannten „Ponte Vecchio" und schwammen im Strom des Stadttrubels mit. „Nein, ich kann es nicht fassen", tönte es plötzlich freudestrahlend aus Julias Mund. Amalia schaute nach rechts, nach links, drehte sich um, stellte nichts Ungewöhnliches beim Betreten der Hotellobby fest. „Da, schau doch, dort hinten auf dem Sofa." Amalias Begeisterung bei Marks Anblick hielt sich eher in Grenzen. „Ich warte seit heute Nachmittag auf dich, liebe Julia. Ich kann mich nicht gedulden, bis du wieder in Deutschland bist. Ich habe dich vermisst. Da du gestern beiläufig den Namen eures Hotels in Florenz erwähnt hast, bin ich gleich heute in der Früh in den ersten Zug gestiegen. Ich habe dich beim Betreten des Hotels mit einem Blumenstrauß überraschen und willkommen heißen wollen, aber irgendwie habe ich euch nicht einchecken sehen. Nun bist du endlich da." War Mark ein Stalker? Amalia kamen berechtigte Zweifel an dem zufälligen Treffen im Pantheon am gestrigen Nachmittag. Hatte er wohl den ganzen Tag im Pantheon ausgeharrt, um irgendwann Julia aufzuspüren? Hatte er bewusst nicht nach ihrer Telefonnummer am ersten Abend gefragt, weil er einen genauen Plan verfolgt? Amalia beschloss, Mark genauestens zu beobachten. Zu ihrem Erstaunen überreichte Mark mit einer liebevollen Geste Julia den leicht verwelkten Blumenstrauß, verabschiedete sich mit einem Kuss auf die Backe und folgenden Worten: „Liebe Julia, verehrte Amalia, ich würde mich sehr freuen, wenn ich euch morgen die Stadt zeigen könnte. Ich wohne in einer Pension ganz in der Nähe. Wenn ihr Lust habt, könnten wir morgen zuerst zusammen frühstücken und dann gemeinsam die florentinischen Sehenswürdigkeiten erleben." Julia willigte begeistert ein, Amalia gab zögerlich nach. Sie wollte Mark eine Chance geben.

Sie verabredeten sich gegen 9.00 Uhr zum Frühstück in einer kleinen Bar unweit von ihrem Hotel und Marks Pension. Da Amalia auf jede Geste von Mark achtete, jedes Wort prüfte, fiel ihr Jahre später folgende Äußerung ein: „Für mich nur einen schwarzen Kaffee. Schwarz wie die Nacht muss mein Kaffee am Morgen sein. Ich liebe den Geschmack der braunen Bohne, der den Koffeinkick verspricht." Eigentlich müsste es heißen: „Schwarz wie meine Seele."

Mark gab sich in den folgenden Tagen in Florenz wirklich als aufmerksamer Mann an Julias Seite aus und nahm sogar Rücksicht auf Amalia, indem er sich mit ausschweifenden Informationen über architektonische Meisterleistungen und über die historische Altstadt zurückhielt. So ermöglichte er Amalia, den Besuch der Uffizien wirklich genießen zu können. Ab und zu beobachtete sie Mark, wie er Julia zur Seite nahm und wie die beiden sich innig über eine Statue oder ein Gemälde unterhielten.

Natürlich schauten sie sich gemeinsam weitere Sehenswürdigkeiten an, aber - mit Rücksicht auf Amalia - meistens nur mit den Augen eines gewöhnlichen Touristen. „Vielleicht ist er doch kein unheimlicher Freak", dachte Amalia. Sie merkte, wie ihre Freundin in Marks Gegenwart aufblühte und hatte teilweise sogar ein schlechtes Gewissen, weil sie die beiden unter anderem in ihren historischen Erklärungen der Gemälde und Skulpturen ausbremste.

Bei der Besichtigung des Doms fiel Amalia auf, dass Mark sich als wahrer Glücksgriff für Julia und auch für sie selbst entpuppte. Während Mark und Julia leidenschaftlich über die Entstehungsgeschichte der atemberaubenden Kathedrale mit den drei Kirchenschiffen sprachen, sich über Länge, Breite, Fassungsvolumen dieses gotischen Meisterwerkes unterhielten, schlenderte Amalia allein über den marmornen Fußboden und ließ die wundervollen Glasfenster wie auch die einmaligen Fresken einfach auf sich wirken – ohne irgendeiner Erklärung zuhören zu müssen.

Auch verlor Mark beim Betreten dieser einzigartigen Kathedrale nur wenige Worte über den in der Nähe des Haupteingangs sich befindenden Zugang zu einer kleinen Krypta, in der man Filippo Brunelleschis Grab sehen kann. Mark spürte wohl Amalias Desinteresse an Gruften und lenkte das Augenmerk geschickt auf den „lebenden" Brunelleschi: „Habt ihr gewusst, dass dieser Filippo kein studierter Architekt gewesen ist? Er hat eine Ausbildung als Goldschmied absolviert, als Bildhauer gearbeitet und sich vor allem in Rom intensiv mit der Architektur beschäftigt. Sein Entwurf für den Kuppelbau ist nur angenommen worden, weil es keinen besseren Gegenvorschlag gegeben hat. Da damals niemand an die Durchführung der von ihm vorgeschlagenen Konstruktion geglaubt hat, ist sein genialer Geist entflammt".

Nach der gemeinsamen Besteigung und dem Besuch der gigantischen Domkuppel ließen die drei den letzten Abend in Florenz bei einem Glas Prosecco ausklingen. Amalia schlug den beiden vor, ab morgen getrennte Wege zu gehen. „Wie wäre es, wenn ihr zwei entweder den Aufenthalt hier verlängern oder morgen allein nach Pisa und Lucca reisen würdet. Ich sehe doch, wie es euch beiden in den Fingern juckt, jedes noch so winzige Detail preiszugeben und letztlich zu besprechen, aber angesichts meiner kargen Informationsgier, beherrscht ihr euch. Ihr habt euch wahrlich gesucht und gefunden." Hätte Amalia damals gewusst, dass Mark ihre Julia wirklich ausgesucht geradezu auserwählt hatte, sie hätte versucht, die beiden voneinander zu trennen. „Ich werde mir morgen Pisa, übermorgen Lucca anschauen und freue mich bereits auf meine Liege am Strand der Riviera Versilia." Mark gab sich leicht zögernd und meinte: „Ich habe mich bereits in euren Urlaub eingedrängt, ich will nicht noch eure letzten Urlaubstage bestimmen, aber ich würde Julia sehr vermissen". Diese hingegen umarmte innig ihre Freundin mit den Worten: „Danke, danke, das werde ich dir nie vergessen. Du bist wirklich die Beste." „Einst musst du mir jedoch versprechen, Julia. Du schickst mir Fotos oder meldest dich per SMS, oder du rufst mich an." „Kein Problem, das machen wir", entgegnete Mark mit einem fürsorglichen Lächeln. „Ich passe gut auf Julia auf. Wir werden uns alle froh und munter am Flughafen in Pisa wiedersehen. Ich versuche einen Rückflug in eurer Maschine zu bekommen."

Amalia erhielt in den folgenden Tagen unzählige Fotos und Textnachrichten der beiden. Sie schienen wirklich glücklich zu sein. Sie blieben zwei weitere Tage in Florenz und besuchten danach Pisa wie auch Lucca. Amalia hingegen nutzte jeden Sonnenstrahl auf ihrer Strandliege aus. Sie wollte braungebrannt aus dem Urlaub nach Hause fliegen. Abends ließ sie es sich weiter gut gehen, indem sie durch die verwinkelten und schmucken Gassen von Forte dei Marmi flanierte.

Ab und zu gab sie sich den Weinverlockungen und weiteren Verköstigungen lokaler Produkte in den unzähligen Enotheken hin. Auch lockten die fantastischen Eiskreationen sie an. Forte dei Marmi, der eleganteste Badeort an der Küste der toskanischen Versilia, bot ebenfalls ein ausgiebiges Shoppingerlebnis, ein wahres Paradies für Liebhaber der italienischen Mode. Leider war Amalia ohne Julia dort, denn diese beriet ihre Freundin stets beim Shopping und bremste deren Kaufrausch aus. Amalia nahm sich fest vor, sich nur ein Paar Schuhe zu gönnen, aber es blieb bei Weitem nicht bei einem Paar, nachdem sie Mauros Laden betrat. Die absolut herrlichen Schuhkreationen verkörperten Eleganz, Extravaganz und Stil. Sie probierte gleich mehrere Modelle dieser ästhetischen Meisterwerke an. Sie konnte sich einfach nicht entscheiden, ob sie die linke oder rechte Variante kaufen sollte. Plötzlich betrat ein kleiner, unscheinbarer Mann das Geschäft und meinte nur: „Signora, mit dem linken Modell erregen Sie Aufmerksamkeit, aber es wird Ihnen große Probleme bereiten, das rechte nur leichte Schmerzen. Dieser Schuh jedoch ist für Ihren Fuß gemacht", und zeigte ihr den Inbegriff eines weiteren femininen Modells. „Dieser Schuh wird Sie glücklich machen", fügte er hinzu, als er ihn unvermittelt Amalia anzog. In der Tat fühlte er sich äußerst bequem an. „Ich entwerfe seit meiner Jugend jedes Jahr aufs Neue Ballerinas, Sandalen mit oder ohne Steine verziert, Pumps, Mokassins, Stiefel, mittlerweile auch Sneaker. Des Weiteren zeichne ich persönlich für jede Kollektion die passenden Handtaschen. Alles, was Sie hier sehen, ist aus den besten Materialien (Leder, Samt, Seide) handgefertigt. Ich lebe für meinen Laden. Schuhe begleiten mich Tag und Nacht. Allerdings sollte nicht jeder Fuß jeden

Schuh tragen. Das ist von der Natur so vorgegeben. Das Modell, welches Sie jetzt anhaben, gibt es in allen Farben in Leder, während ich in Samt und in Seide nur wenige Farben vorrätig habe. Ich kann Ihnen jedoch alles, was Ihr Herz begehrt, anfertigen und nach Hause schicken lassen." Bevor er den Satz beendete, rief er seiner Mitarbeiterin zu, sie solle alles bringen, was im Lager in Größe 41 zu finden sei. Amalia fühlte sich wie Alice im Wunderland. Vor und neben ihr standen unzählige Kisten und Mauro war in seinem Element. Er ließ sie jede Farbe probieren und zu einigen reichte er ihr sogleich die passende Handtasche. Er erzählte ununterbrochen von seinem Handwerk und seiner Leidenschaft, Schuhe, Handtaschen und manchmal Gürtel wie auch Jacken zu entwerfen. Die Liebe zu seinem Beruf und der langlebige Kontakt zu seinen Kunden würden ihn jeden Tag aufs Neue antreiben. Leider weilt auch er nicht mehr unter den Lebenden. Er hat seinen beharrlichen Kampf 2019 gegen den unerbittlichen Krebs verloren. Amalia hat ihn nie wiedergesehen, doch ihre seinerzeit gekauften „Schmuckstücke" begleiten sie noch heute auf Schritt und Tritt.

Am letzten Abend in Forte die Marmi erhielt sie einen Anruf von Julia aus dem mittelalterlichen Lucca: „Liebe Amalia, ich hoffe, du verzeihst mir, wenn ich morgen nicht mit dir zurückfliege. Mark hat nämlich erst einen freien Platz für den Abflug in zwei Tagen erhalten. Außerdem gibt es hier noch viel zu entdecken. Mark möchte unbedingt mit mir einige Gräber besuchen. Auch werden wir nicht nach Frankfurt fliegen, sondern nach Düsseldorf. Er lebt dort und hat mich zu sich nach Hause eingeladen. Ich habe angenommen, weil ich noch vier Wochen Urlaub habe." Amalia war nicht gerade begeistert, aber was sollte sie tun?

Im Flieger blieb der für Julia reservierte Sitzplatz leer. Es fiel Amalia sichtlich schwer, alleine nach Frankfurt zu fliegen. Julia war seit über 28 Jahren an ihrer Seite. Sie waren zusammen als Nachbarskinder aufgewachsen, hatten ihre ganze Jugend miteinander verbracht und vieles erlebt. Als Julias Eltern bei einem tragischen Verkehrsunfall kurz nach ihrem 18. Geburtstag ums Leben gekommen waren, waren Amalia und deren Eltern ihr einziger Halt gewesen. Julia hatte sogar in Frankfurt studiert, um den täglichen Kontakt aufrechtzuerhalten. Im Gegensatz zu Julia hatte Amalia nach dem Abitur kein Studium begonnen, sondern sich für eine Stelle im Versicherungswesen beworben. Jedes Jahr verreisten die beiden Freundinnen zusammen in den Sommermonaten. Obwohl Amalia liebend gerne - wenigstens im Urlaub - auf Julias unerschöpfliche Begierde, beispielsweise in Museen oder Kirchen auch nebensächliche Information preiszugeben, verzichtet hätte, freute sie sich immer auf eine gemeinsame Zeit in einem fernen oder fremden Land. Amalia befürchtete, dass die beiden ersten Tage in Rom die letzten gemeinsamen Urlaubstage gewesen waren. Eine undefinierbare Angst überfiel sie beim Gedanken, dass ihre beste Freundin eventuell für immer von Frankfurt nach Düsseldorf zu Mark ziehen könnte. Sie wollte Julia nicht verlieren. Sie war weitaus mehr als ihre allerbeste Freundin. Sie war für sie die Schwester, die sie als Einzelkind immer vermisst hatte.

Julia hatte bereits einige verrückte Männer kennengelernt. Amalia erinnerte sich nur allzu gut an Julias letzte Männerbekanntschaft. Der liebenswerte Tobias, der engagierte Tierliebhaber, der nach einigen vielversprechenden Treffen von Julia verlangte, sie solle ihr Haar hellrot färben, ansonsten könne er sich keine aufrichtige Beziehung mit ihr vorstellen. Julia brach nach dieser bizarren Aufforderung den Kontakt sofort zu Tobias ab. Auch Peter, der bodenständige Handwerker mit ausgeprägtem Hang zur Gartenarbeit, war ein schräger Typ: er äußerte nach einigen Wochen Beziehung besondere Vorlieben und Wünsche, die Julia kategorisch ablehnte. Amalia musste ihre Gedankenfülle beim Anflug auf Frankfurt beenden. Der Alltag hatte sie wieder. Sie musste nach Hause, den Koffer auspacken und einige Besorgungen erledigen, bevor die Lebensmittelgeschäfte schließen würden.

In den folgenden Tagen ging sie ihrer gewohnten Arbeit als Versicherungsangestellte im öffentlichen Dienst nach und erhielt ab und zu eine SMS von der verliebten Julia aus Düsseldorf. „Liebe Amalia, Mark ist einfach toll, wir können stundenlang, sogar nächtelang miteinander über die alten Römer, die alten Griechen oder die alten Ägypter reden. Er liest mir jeden Wunsch von den Lippen ab und schätzt mich wert. Ich fühle mich so anders. Ich kann dieses Gefühl nicht weiter beschreiben, es ist einfach unglaublich schön, verliebt zu sein. Ich habe Schmetterlinge im Bauch und möchte diese mein Leben lang mit meinem ‚Romeo' weiterspüren dürfen." Amalia kannte Julias Verliebtheitsphase, in der sie genauso wie alle anderen Neuverliebte nicht sie selbst war. Jeder, der sich verliebt, denkt und wünscht sich, dass diese Phase nie enden wird. Normalerweise gesellte sich bei Julia - wie auch bei Amalia - nach einigen Wochen der Verliebtheit die Ernüchterung hinzu. Sie lernten nämlich den Mann an ihrer Seite mit dessen Fehlern und Macken etwas genauer kennen. Alsbald stellten sie eine Art Gleichgültigkeit fest - sei es von ihrer Seite, sei es von der Seite ihres neuen Freundes - oder sie wollten sich nicht näher mit den besonderen Anliegen bzw. Veranlagungen ihrer Lebensabschnittspartner auseinandersetzen und kamen zum Fazit: „Es passt einfach nicht mehr. Es reicht nicht für eine gemeinsame Zukunft."

Amalia hatte leider auch ihre Erfahrungen mit dem männlichen Geschlecht gemacht und wollte sich sobald nicht mehr verlieben. Julia hingegen schien die Zeit in Düsseldorf wirklich zu genießen. Sie blieb bei Mark bis zum Ende der Sommerferien und meldete sich immer weniger bei Amalia. Diese wollte das neue Glück nicht stören und akzeptierte notgedrungen Julias kontinuierlichen Kontaktabbau. Sie hoffte auf ein Wiedersehen nach den Sommerferien. Immerhin startete das neue Schuljahr am 6. September und jede Lehrkraft musste zurück an die Schule. Eine Woche nach Schulbeginn erhielt Amalia einen Anruf: „Hi, Liebste, wie geht es dir? Du hast lange Zeit nichts mehr von dir hören lassen. Ich habe sensationelle Neuigkeiten für dich. Können wir uns heute Abend bei dir treffen?" Amalia war froh, endlich ihre Julia wiederzusehen, dennoch verwunderte sie die Anmerkung, sie habe sich lange nicht gemeldet. Den Vorschlag sich in ihrem Lieblingsrestaurant zu treffen, lehnte Julia genauso ab, wie sich gemeinsam in ihrer Lieblingsweinbar den Feierabend zu versüßen.

So wie Amalias Wiedersehensfreude von Minute zu Minute abnahm, so stieg ihr Unbehagen von Minute zu Minute beim Vernehmen von Julias schwärmerischem Monolog über Mark. Sie konnte ihrer Freundin nicht mehr zuhören, wollte sie aber auch nicht unterbrechen, denn sie befürchtete, Julia würde ihr Neid unterstellen. Sie setzte ihr Pokerface auf und vermittelte ihrer Freundin den Eindruck, weiterhin interessiert zuzuhören. Als Julia endlich mit dem Satz ihre Lobeshymne beendete - Mark sei der Richtige und sie seine Auserwählte, er habe sein ganzes Leben nach ihr gesucht, sie würde in zwei Wochen diesen wundervollen Mann heiraten –, konnte Amalia ihre Bestürzung nicht verbergen und brachte ein fast ohrenzerreißendes Nein über ihre Lippen. Julia fiel ihr in die Arme: „Ich habe geahnt, dass dich diese Neuigkeit erschüttert. Ich habe Mark viel von dir erzählt und er hat mir deine Reaktion prophezeit. Gleichzeitig hat er mir aber auch gesagt, dass dein Nein im Grunde ein Ja sei. Du freust dich doch für uns? Oder? Du bist natürlich eingeladen, wenn du willst, obwohl wir in sehr kleinem Kreis feiern." Amalia kam aus dem Staunen überhaupt nicht mehr heraus. Sie hatte große Mühe Fassung zu bewahren. Einerseits wollte sie Julias Euphorie nicht zerstören, andererseits fühlte sie sich dazu verpflichtet, diplomatisch auf eventuelle Probleme einer solchen Blitzheirat aufmerksam zu machen: „Allerliebste Julia, ich freue mich wirklich für dich und Mark. Allerdings scheint mir eine Heirat nach einer so kurzen Beziehungszeit möglicherweise etwas überellt. Könntet ihr euch nicht vorstellen, nächsten Sommer oder im Frühling euch das Jawort zu geben? Ihr hättet Zeit, eine große Feier mit all euren Freunden zu organisieren. Ihr könntet mehrere Locations besichtigen und die für euch perfekte aussuchen. Ich kann euch gerne dabei helfen. Auch hättest du genügend Zeit, dein Traumkleid mit den passenden Accessoires zu finden. Überstürze bitte nichts. Verliebt zu sein, ist nicht unbedingt Liebe. Du heiratest womöglich nur einmal in deinem Leben aus Liebe, da sollte alles - auch die Hochzeitsreise - im Voraus gut geplant sein. „ Julia entgegnete ihr: „Nein, nein, das ist so in Ordnung. Mark hat das Restaurant bereits gebucht und der Standesbeamte wie auch der Pfarrer haben am genannten Donnerstag Zeit, uns zu trauen, denn die kirchliche Hochzeit besiegelt erst das Ja-Wort auf dem Standesamt." Amalias Fassungslosigkeit stand ihr regelrecht im Gesicht geschrieben. Nun versuchte sie etwas deutlicher zu werden, obwohl sie immer noch probierte geschickt vorzugehen: „Liebe Julia, Mark ist sicherlich ein besonderer Mann." Mit den Sätzen: „Oh ja, das ist er. Mit ihm ist alles anders", fiel ihr Julia sofort ins Wort und sprach weiter von ihm, als wäre er ein Phänomen. Amalia ließ sie aussprechen und meinte nun in einem etwas forscheren Ton: „Du wolltest doch nie kirchlich heiraten." „Ja, aber es ist für Mark sehr wichtig, er ist ein überzeugter Katholik. Die Christen versprechen sich gegenseitig vor dem Traualtar Liebe und Treue bis in den Tod." Das konnte Amalia irgendwie verstehen und akzeptierte diesen Wunsch. „Weißt du", fuhr sie weiter fort „jede Liebe hat auch immer Schattenseiten." Julia erwiderte: „Natürlich ich bin ja nicht blind vor Liebe. Ich bin mir der weniger schönen Seiten Marks bewusst. Allerdings sind wir bereit, den anderen so zu akzeptieren wie er ist und Kompromisse einzugehen, damit wir eine realistische Chance auf eine gemeinsame, glückliche Zukunft haben. Ganz so makellos ist Mark ja nicht. Als ich zum ersten Mal seine Wohnung betreten habe, hat mich fast der Schlag getroffen. Mich haben im Innern kahle, nicht getünchte, unverputzte Ziegelwände empfangen, die von äußerst spärlichen Lampen beleuchtet worden sind. Auch weist seine schlichte, moderne Einrichtung kein einziges dekoratives Element auf. Ein einziger Gräuel für meine ästhetische Optik. Ich mag doch eine gemütliche Innenausrichtung, die Wärme ausstrahlt. Und erst sein Hang zur Sauberkeit und Ordnung, denn alles muss fein säuberlich an seinem Platz liegen bleiben. Das hat mich anfangs wirklich sehr gestört. Ich ziehe jedoch einen Pedanten und Saubermann einem chaotischen, unordentlichen Schmutzfinken vor." Julia führte weiter aus: „Der Kompromiss, den ich vorhin erwähnt habe, lautet wie folgt: Mark wird seine spartanische Einrichtung, die - wie er mir versichert hat - naturgemäß in jeder männlichen Junggesellenwohnung vorzufinden ist, aufgeben und uns so schnell wie möglich ein Vorstadthaus mit Garten für unsere zwei Kinder mieten."

Endlich glaubte Amalia den Grund für die überstürzte Heirat zu wissen. Sie vermutete, ihre Freundin sei schwanger. „Herzlichen Glückwunsch, das hättest du gleich sagen sollen. Ihr werdet Eltern von Zwillingen." „Nein, nein du hast mich missverstanden. Ich bin keine werdende Mutter, zumindest noch nicht. Aber das ist indirekt der Grund für unsere bevorstehende Hochzeit. Mark möchte unbedingt so schnell wie möglich zwei Kinder, zuerst einen Jungen und dann ein Mädchen. Er hat klare Prinzipien festgelegt, wie wir eine intensive und tiefgründige Beziehung führen werden". „Naja, mit Leitlinien hat die Geschlechtswahl eures Erst- und Zweitgeborenen wenig zu tun. Auch bestimmen lediglich Marks Spermien - ohne dessen Wissen oder Eingreifen - das Geschlecht von eurem Nachwuchs. Befruchtet ein Spermium mit einem X-Chromosom die Eizelle, lautet das Ergebnis XX und ihr werdet ein Mädchen bekommen. Befruchtet eine Samenzelle mit einem Y-Chromosom deine Eizelle, heißt das Resultat XY und es entwickelt sich ein männlicher Organismus." Amalia wollte auch einmal wie ein Nachschlagewerk klingen. Julia fand dies keineswegs witzig: „Die Lage ist zu ernst, um sich darüber lustig zu machen. Ich möchte Mark auf jeden Fall mit baldigem Nachwuchs beglücken. Aus diesem Grund habe ich unbezahlten Urlaub genommen und meinen Mietvertrag gekündigt. Auch habe ich bereits meine Wohnungseinrichtung an eine gemeinnützige Organisation gespendet. Mark hat mir den Kontakt hergestellt. Morgen werde ich für immer nach Düsseldorf ziehen. Wir werden in zwei Wochen heiraten und mit etwas Glück wohnen wir bald in einem Vorstadthaus." Amalia musste diese einschneidenden Informationen erst einmal sacken lassen. Es dauerte eine Weile, bis sie wieder einigermaßen klar sprechen konnte: „Wenn ich dich richtig verstanden habe, dann wirst du in Frankfurt nicht mehr als Gymnasiallehrerin arbeiten und du hast deine wunderschöne, lichtdurchflutete Zweizimmer- Wohnung mit dem atemberaubenden Blick auf die unverwechselbare Frankfurter Skyline aufgelöst und deine geliebte Einrichtung verschenkt?" „Ja, genau so ist es. Allerdings werde ich voraussichtlich überhaupt nicht mehr arbeiten. Mark ist der Meinung, die Frau solle sich um die Kinder kümmern, während der Mann das Geld nach Hause bringt. Als Archivar verdiene er zwar nicht übermäßig viel, aber es reiche, um uns ein gutes Familienleben zu gewährleisten. Außerdem habe er in den letzten Jahren eine ansehnliche Summe gespart." Da Julia all diese wichtigen Entscheidungen nicht mit ihr besprochen hatte, wusste sie, dass sie nichts mehr tun konnte, um ihre Freundin eines Besseren zu belehren. Allerdings machte sie sich im Nachhinein Vorwürfe, nicht wenigstens versucht zu haben, ihre Julia umzustimmen. Beim Abschied umarmte sie ihre Freundin mit den Worten: „Mögen deine Wünsche in Erfüllung gehen! Ich werde deiner Hochzeitseinladung gerne folgen." Mit den Worten „Danke! Wir sehen uns in zwei Wochen. Ich muss jetzt weg", verließ Julia überglücklich Amalias Wohnung.

In den folgenden Tagen und Nächten konnte Amalia weder einen klaren Gedanken fassen, noch ein Auge zu machen. „Wie sehr sich Julia verändert hat! Ich kenne sie nicht mehr. Sie ist doch nie so naiv gewesen? Dieser Mark scheint Besitz von ihr ergriffen zu haben, ohne dass sie es merkt hat. Sie hat sich von mir entfremdet. Mark hat es geschafft, Julias Vorstellungen von einem Leben zu zweit, zu dritt oder zu viert grundlegend zu ändern", erkannte Amalia bitter. Julias Ideen von einer vertrauensvollen Beziehung hießen früher: eigenständige Arbeit, Freiräume, die jeder braucht und die sich jeder auch geben soll bzw. muss, Kinder frühestens nach mehreren Jahren des Zusammenlebens in ihrer Heimatstadt Frankfurt, pompöse lediglich standesamtliche Heirat möglicherweise nach dem ersten oder zweiten Kind mit all ihren Freunden und auch Kollegen. Amalia fragte sich selbst, nicht nur wo diese früheren Visionen ihrer Freundin geblieben waren, sondern auch, was Mark aus ihrer selbstbewussten Julia gemacht hatte. Amalias bitteres Ergebnis lautete: „Die autonome und selbstbewusste Julia scheint sich in eine fremdbestimmte Person verwandelt zu haben. Ich muss unbedingt nochmals – vor der Heirat – in Ruhe mit ihr reden." In der Tat sollte jeder Partner das Selbstbewusstsein des anderen stärken, nicht schwächen.

In den kommenden Tagen rief Amalia mehrmals auf Julias Mobiltelefon an. Entweder schaltete sich der Anrufbeantworter an oder Mark nahm das Gespräch entgegen. Dieser versprach ihr jedes Mal, Julia werde zurückrufen, aber ein Anruf blieb auch in den folgenden Tagen aus. Als Amalia es nicht mehr aushielt, fuhr sie nach Düsseldorf und klingelte an der Haustür. Mark öffnete mit einem irritierten, leicht gehemmten Gesichtsausdruck die Wohnungstür. Allerdings fing er sich gleich und begrüßte Amalia mit einem fast euphorischen: „Wie wundervoll, du bist schon da. Julia wird sich freuen, sie kann deine Hilfe gebrauchen. Sie hat es nicht einmal geschafft, dich anzurufen, sie ist irgendwie überfordert. Nun bist du da, du wirst uns helfen, dass die Hochzeit in zwei Tagen für Julia der schönste Tag in ihrem Leben wird." „Wo ist denn Julia?", fragte Amalia. „Sie erledigt noch einige Einkäufe, der Kühlschrank ist leer. Ich muss dich leider jetzt auch verlassen, da ich auf der Arbeit für einen kranken Kollegen einspringen muss. Fühl dich wie zuhause, Julia wird bald zurücksein." Amalia fand anfangs Marks Benehmen etwas komisch, aber sie versuchte sein Verhalten mit ihrem ungemeldeten Spontanbesuch zu entschuldigen. Nach zwei Stunden hörte sie, wie jemand die Eingangstür aufschloss und rief: „Nicht erschrecken, ich bin hier im Wohnzimmer." Völlig verdutzt und übermüdet, betrat Julia den Raum: „Hilfst du mir beim Herauftragen der Einkaufstaschen? Es stehen noch einige unten im Treppenhaus. Die Busfahrt vom Supermarkt bis zur Wohnung mit Umsteigen hat mich total geschafft." Amalia konnte es nicht fassen, dass Mark sie nicht in das Einkaufszentrum gefahren hatte. Nachdem sie die Einkäufe in die Küchenschränke eingeräumt hatten, suchte Amalia das Gespräch: „Liebe Julia, ich mache uns jetzt eine Tasse von unserem geliebten Kaffee und dann reden wir miteinander über die bevorstehende Hochzeit." „Ich trinke keinen Kaffee mehr. Mark ist der Meinung, dass ich meinen Kaffeekonsum auf ein Minimum reduzieren soll, da ich ja bald schwanger werde und Koffein nicht gesund für unseren Jungen sei. Aber du kannst dir gerne eine Tasse aufbrühen." Amalia versuchte sich zusammenzunehmen und wählte folgende Worte: „Sicherlich ist übermäßiges Koffein oder Teein in der Schwangerschaft nicht gesund. Du bist jedoch noch nicht schwanger und zwei Tassen Kaffee am Tag sind absolut unbedenklich." Julia lehnte kategorisch ab. „Liebe Julia, ich sehe deine Erschöpfung und frage mich, warum Mark sich nicht die Zeit genommen hat, dich zum Einkaufen zu fahren. Er hat ja auch Zeit, um für einen abwesenden Kollegen bei der Arbeit einzuspringen." Julia erwiderte: „Ist schon gut. Mark gibt in seinem Job alles. Er möchte seinen Chef zufrieden stellen. Ich liebe ihn und ich muss eben manchmal zurückstecken. Das wird sich alles einpendeln, davon bin ich überzeugt. Mark kann sich nämlich eine Zukunft ohne mich nicht mehr vorstellen." „Du siehst nicht gerade glücklich aus, du kannst die Hochzeit immer noch absagen und auf einen späteren Zeitpunkt verschieben. Aufgeschoben ist nicht aufgehoben. Somit hast du Zeit zu überlegen, wie deine Zukunft mit oder ohne Mark aussehen soll. Eine Beziehung soll jeden glücklich machen. Zwar ist dein Partner nicht für dein Glück verantwortlich, aber er soll dein Leben positiv beeinflussen und dich nicht emotional manipulieren." „Nein, das passt schon. Es wird sich am Ende alles zum Guten wenden", entgegnete Julia. Amalia versuchte, ihre Freundin umzustimmen. Sie appellierte an ihren gesunden Menschenverstand, aber es nützte nichts. Irgendwie schien Julia Mark hörig zu sein. Während Amalia ihrer besten Freundin am liebsten einen Tritt in den Hintern verpasst hätte, schmolz diese förmlich dahin, als Mark mit einem charmanten Lächeln die Küche betrat und Julia liebevoll umarmte. Mark schlug Amalia vor, bis übermorgen auf dem Sofa zu schlafen, denn mehr als eine Schlafcouch hatte die kleine Wohnung nicht zu bieten. Sie nahm dankend an und hoffte insgeheim, die Hochzeit noch verhindern zu können. Mark gab ihr jedoch keinen Grund, um an seiner Liebe zu Julia zweifeln zu können. Er unterstützte seine zukünftige Ehefrau im Haushalt, legte ein tadelloses Verhalten an den Tag, indem er sich verantwortungsbewusst und behilflich in jeder Alltagssituation zeigte. Einer Vermählung stand scheinbar nichts mehr im Wege.

Die Hochzeit am kommenden Morgen um 9:00 Uhr auf dem Standesamt verlief schlicht. Man könnte auch schreiben: nüchtern, anspruchslos und karg. Amalia war der einzige Gast. Nach der Trauung gestand ihr Julia, dass sie keine weiteren Gäste eingeladen hätte. „Marks Eltern sind ebenfalls wie die meinen bei einem tragischen Autounfall ums Leben gekommen. Auch er ist ein Einzelkind. Da er erst vor kurzem nach Düsseldorf gezogen ist, hat er kaum Freunde. Aus diesem Grund habe auch ich auf meine Freunde und Arbeitskollegen verzichtet und nur dich, meine allerbeste Freundin, eingeladen. Ich hoffe, deine Eltern sind mir nicht böse, aber ich wollte Rücksicht auf Mark nehmen. Ich hätte es unpassend gefunden, im Kreise meiner engsten Freunde und Kollegen zu heiraten und er hätte niemanden an seiner Seite gehabt."

Amalia staunte nicht schlecht, sowohl über das eben Gehörte als auch über das Brautpaar einige Stunden später. Vor der Kirche fuhren die beiden in einem exklusiven Hochzeitsauto - gelenkt von einem in schwarz gekleideten Chauffeur - vor. „Das ist ein Oldtimer, ein 1964er rabenschwarzer Mercedes-Benz, mit schwarzen Ledersitzen. Ich habe alles minutiös geplant, das Brautauto soll ein unvergessliches Highlight unserer Trauung werden. Ich liebe die Farbe schwarz", ertönte es aus Marks Mund, als die beiden aus der Limousine stiegen. Julia trug ein blütenweißes, mit Perlen besticktes Kleid mit passendem bodenlangem Schleier und hochhackigen, offenen Schuhen. Sie fror leicht bei 15 Grad und dunklen Wolken. Ihr Strauß mit weißen Chrysanthemen erinnerte Amalia an einen

Trauerkranz. Marks eleganter schwarzer Hochzeitsanzug, bestehend aus Hose, Sakko und Weste, war mit einem schwarzen Hemd und einer schwarzen Fliege kombiniert. Das Outfit sollte sicherlich vornehm wirken, für Amalia versprühte es jedoch Friedhofsatmosphäre. Was ist Mark doch für ein sonderbarer Zeitgenosse! Er ist und bleibt in meinen Augen ein befremdlicher Typ! Aber Julia ist glücklich! Ich muss dies akzeptieren, sonst verliere ich sie! Mark erklärte Amalia später, ihm sei es sehr wichtig gewesen, das reine Weiß seiner Julia mit einem reinen Schwarz zu ergänzen. Er habe einen maximalen Farbkontrast herstellen wollen und daher bei seinem Dress konsequent auf die Farbe schwarz gesetzt. Da es Julia nicht zu stören schien, machte sich Amalia im Verlauf der „Feier" keine weiteren Gedanken über den etwas bizarren Kleidungsstil des Bräutigams.

Das Hochzeitsmenü mundete vorzüglich und Julia strahlte übers ganze Gesicht. Als Amalia nach dem Ziel der Hochzeitsreise fragte, gab Mark sich leicht zurückhaltend. Julia antwortete: „Mark hat mir eine absolute grandiose Tauffeier mit anschließender Erholungsreise versprochen. Aus diesem Grund werden wir jetzt weder in die Flitterwochen fahren noch fliegen. Auch müssen wir umziehen, sobald Mark das richtige Haus für uns gefunden hat. Wir konzentrieren uns jetzt auf den Familiennachwuchs und machen einen Schritt nach dem anderen." Mark unterbrach Julia, indem er Amalia in einem nüchternen Ton fragte, ob sie Taufpatin werden möchte. Angenehm überrascht über Marks Anfrage, antwortete sie in einem freudigen Ton: „Ich kann mir nichts Schöneres vorstellen. Ich fühle mich sehr über deinen großen Vertrauensbeweis geehrt und nehme die Patenschaft mit all ihren Pflichten und Aufgaben mit Glückseligkeit an." Hatte sie

Mark doch zu Unrecht als merkwürdig, fremdartig abgestempelt, ihn vorverurteilt? Sie war sich überhaupt nicht mehr sicher. Wer ist Mark wirklich?

Julia war im ersten Moment über die Entscheidung ihres Mannes erstaunt und blickte ihn leicht verdutzt an. Dann sagte er: „Liebling, wir haben noch nicht über dieses Thema gesprochen, aber ich gehe davon aus, dass dir deine beste Freundin als Wahl recht ist." „Natürlich, mein Romeo, Amalia ist die allerbeste Wahl, die ich mir je hätte erträumen können. Sie wird unserem Kind in seiner Entwicklung ein Vorbild sein. Sie wird es lieben, so wie wir, und es in allen Lebenssituationen begleiten. Sie ist seit Kindertagen meine allerbeste Freundin und hat mich immer unterstützt. Auf Amalia kann sich jeder verlassen."

Am folgenden Tag kehrte Amalia mit einem zwiespältigen Gefühl nach Frankfurt zurück. Sie empfand einerseits große Freude an dem Gedanken, in ungefähr einem Jahr ihr Patenkind in den Armen zu halten. Andererseits konnte sie immer noch nicht aufatmen bei der Vorstellung, Julia alleine mit Mark in Düsseldorf zu lassen. Ging womöglich erneut ihre Fantasie mit ihr durch? Aber die üblichen Horrorszenarien stellten sich nicht ein, Amalia konnte sich keine konkrete Szene ausmalen. Es begleitete sie lediglich ein ungutes, nicht näher definierbares Gefühl.

In den kommenden Wochen und Monaten meldete sich Julia gelegentlich und beteuerte immerzu, wie glücklich sie sei. Obwohl Mark noch immer kein passendes Haus gemietet hatte, gab Julia sich zuversichtlich, Mark würde bald das passende Objekt entdecken. Amalia vertraute den Aussagen ihrer Freundin und unterstützte sie in ihrem Glauben. Allmählich schöpfte auch sie Vertrauen in Mark.

Weitere Wochen vergingen, in denen sie nichts von Julia hörte. Plötzlich klingelte das Telefon. Amalia hob den Hörer ab und erkannte kaum Julias zitternde Stimme: „Hallo, ich bin es. Ich weiß nicht, wo ich anfangen soll. Wie soll ich es dir bloß sagen? Ich bin völlig verzweifelt. Ich weiß nicht mehr, was ich glauben soll. Ich kann mich doch nicht so in Mark geirrt haben. Stell dir vor, seine Eltern leben in München. Ich habe mit ihnen gesprochen. Sie sind wohl auf. Sie sind nicht bei einem Autounfall ums Leben gekommen." Amalia konnte Julias Aussagen kaum fassen und fragte nach: „Wie kann das sein? Was sagt Mark zu diesen sonderbaren Neuigkeiten?" „Ich habe ihm noch nichts erzählt. Ich weiß es erst seit einer Stunde." Amalia war ratlos: „Ich verstehe nicht, warum du mit ihnen Kontakt aufgenommen hast. Du bist doch auch der Meinung gewesen, sie seien tot?" Es dauerte einige Minuten und Julia fing an zu erzählen: „Mark hat ein Haus mit Garten in Newel gefunden. Ich habe anfangs nicht umziehen wollen. Ich habe mich gerade erst hier eingelebt. Düsseldorf ist eine Stadt, aber Newel ist eine kleine Ortsgemeinde in der Nähe von Trier, fast zweieinhalb Autostunden von Düsseldorf wie auch von Frankfurt entfernt. Nun soll ich mich wieder mit einer völlig neuen Umgebung vertraut machen. Wäre ich nicht im dritten Monat mit Zwillingen schwanger, würde ich mich scheiden lassen. Mark hat mein Vertrauen in ihn zerstört. Er hat mir ungefähr vor einem Jahr den Unfalltod seiner Eltern genauestens geschildert. Als ich mit seinem Vater telefoniert habe, hat dieser mich vor Mark gewarnt. Ich weiß nicht mehr weiter. Ich bin schwanger." Mehrmals wiederholte Julia diese beiden letzten Sätze in völliger Verzweiflung. „Du musst mit Mark reden. Wenn du willst, bin ich in drei Stunden bei dir", entgegnete Amalia. Julia nahm diesen Vorschlag an und wartete auf ihre beste Freundin.

Als Mark früher als erwartet nach Hause kam, merkte er Julias Aufgeregtheit. Besorgt fragte er: „Ist etwas mit den Babys." „Nein, es ist alles in Ordnung. Es geht ihnen gut", erwiderte sie in einem verärgerten Ton. „Warum wirkst du so unausgeglichen"? fragte er nach. „Das sind die Hormone, es geht gleich wieder besser. Ich brauche nur etwas Ruhe. Ich lege mich kurz hin." Julia konnte Mark nicht mehr in die Augen sehen und hoffte auf ein baldiges Eintreffen ihrer Freundin. Diese meldete sich gegen 19:30 Uhr mit folgender SMS: „Ich stehe seit über einer Stunde im Feierabendstau auf der Autobahn. Nichts geht mehr. Ich werde wohl erst gegen 22:00 Uhr ankommen." Nun nahm Julia all ihren Mut zusammen, ging forschen Schrittes vom Schlafzimmer ins Wohnzimmer und schrie aus vollem Halse: „Warum hast du mich angelogen? Sie leben in München." Mark konterte beherrscht: „Wer lebt in München?" Julia platzte fast der Kragen, Mark hingegen zeigte überhaupt keine Regung. „Deine Eltern. Ich habe mit deinem Vater telefoniert", schallte es aus ihrer Kehle. Marks Gesichtsfarbe wurde kreidebleich, seine Fingernägel entfärbten sich, seine Augen drückten pure Kaltherzigkeit aus. „Wie kannst du es wagen, mir hinterher zu schnüffeln? Du hast mein Vertrauen missbraucht." „Ich habe nach Umzugskartons gesucht. Im Keller bin ich fündig geworden. In einer leergeglaubten Kiste ist mir zufällig ein Brief von deiner Mutter in die Hände gefallen", entgegnete sie. „Den hättest du nie lesen dürfen. Das ist meine Privatsache. Das geht dich nichts an. Ich habe dir verboten in den Kellerraum zu gehen", brüllte er aus vollem Halse. „Ja, vielleicht hätte ich ihn nie öffnen dürfen, aber ich bin neugierig gewesen. Schließlich erwarten wir

Nachwuchs", argumentierte Julia. Mark versuchte sich zu beruhigen: „Hör mir zu. Es ist nur ein Missverständnis. Du hast mich falsch verstanden. Für mich sind meine Eltern tot, obwohl sie noch leben. Aber ich habe Schreckliches zuhause erlebt. Ich kann nicht darüber sprechen. Ich hoffe, du akzeptierst meine Entscheidung. Ich will auch nicht, dass du weiterhin in Kontakt mit ihnen stehst. Du musst mir versprechen, sie nie wieder zu kontaktieren. Sie sind für mich tot und sie sollen auch für dich nicht existieren. Wenn du eine gemeinsame Zukunft willst, musst du dich an dieses Verbot halten." Er setzte seine Schwächen intelligent ein und hoffte Julia würde - wie so oft - Mitgefühl und Verständnis zeigen. Diese hatte jedoch dieses Mal große Angst vor Mark: „Ja, ich verspreche es. Ich werde deine Forderung berücksichtigen. Dennoch wäre es gut, wenn du mit mir über deine Vergangenheit reden würdest. Wir sollten keine Geheimnisse voreinander haben."

Nach dieser Auseinandersetzung legte sie sich schlafen, schrieb allerdings noch eine Textnachricht an Amalia: „Liebe Amalia, es tut mir leid. Ich bitte dich nicht zu klingeln. Ich bin schon im Bett. Ich habe Mark zur Rede gestellt. Er hat mir alles erklärt. Bitte übernachte in einem Hotel. Wir reden morgen. Ich rufe dich an."

Amalia war fast am Ziel angelangt. Erbost über die Nachricht, suchte sie sich eine Unterkunft. Am kommenden Morgen rief sie ihren Arbeitgeber an und bat ihn um zwei Tage Urlaub aus familiären Gründen. Da sie vergebens auf den versprochenen Anruf ihrer besten Freundin wartete, ergriff sie die Initiative und rief an: „Wie geht es dir? Ich bin in einem Düsseldorfer Messehotel." „Gut, ich komme zu dir. Lass uns einander in einer Stunde in der Hotellobby treffen", erwiderte Julia.

Als ihre Freundin am verabredeten Treffpunkt ankam, fing sie sofort an zu erzählen: „Ach Amalia, ich bin durchaus etwas erleichtert, nachdem ich Mark mit der Wahrheit konfrontiert habe. Ich kann jedoch immer noch nicht verstehen, warum er die Lüge vom Tod seiner Eltern in die Welt gesetzt hat. Er behauptet, für ihn seien sie seit langem gestorben. Er habe keine Familie mehr. Mehr weiß ich leider nicht, weil er zu den angeblich grauenhaften Erlebnissen in seinem Elternhaus nichts Näheres gesagt hat. Des Weiteren hat er mir unmissverständlich klar gemacht, ich dürfe niemals wieder Kontakt zu diesen Personen aufnehmen. Ich habe gestern Angst vor ihm gehabt. Allerdings ist er heute Morgen sehr verständnisvoll gewesen. Er hat das Frühstück vorbereitet, ist erst gegen Mittag zur Arbeit gegangen und hat sich für seinen Wutausbruch entschuldigt." Dieses ständige Auf und Ab zwischen Julia und Mark ermüdete zusehends Amalia, sodass diese nun Marks Verhalten zu verteidigen versuchte: „Liebe Julia, das klingt wirklich nicht nach einer harmonischen Eltern-Sohn-Beziehung. Aber vielleicht begleiten Mark wirklich traumatische Erinnerungen an seine Familie und er hat deswegen den Kontakt abgebrochen. Er benötigt womöglich noch Zeit, bis er sich dir anvertrauen kann. Er hat sich höchstwahrscheinlich nie mit seiner Vergangenheit auseinandergesetzt, weil dies zu schmerzhaft für ihn gewesen ist. Er hat einfach alles nur hinter sich gelassen. Das ist sicherlich für Mark die einfachste - wenngleich nicht die beste - Methode gewesen, um weiterleben zu können. Er hat eben alles verdrängt." „Ja, das klingt plausibel, aber ich kann die Worte seines Vaters, Mark sei ein notorischer Lügner, ein Verbrecher, ich solle mich von ihm trennen, bevor es zu spät sei, einfach nicht vergessen. Ich erwarte Zwillinge, möchte meinen Kindern ein glückliches

Familienleben ermöglichen und weiß einfach nicht, wem ich vertrauen kann." „Ich verstehe dich, liebe Julia. Betrachte das Ganze pragmatisch. Du hast dich in Mark verliebt. Ihr habt sehr schnell geheiratet und werdet demnächst Eltern von Zwillingen. Du hast dich für dieses Leben - in guten wie in schlechten Zeiten - bewusst entschieden. Jetzt durchlebt ihr eure erste wahre Krise. Diese harte Bewährungsprobe wird über Erfolg oder Misserfolg eurer Ehe entscheiden. Du musst nochmals mit Mark sprechen und ihn dazu bewegen, dir zu vertrauen. Nur so könnt ihr eine vertrauensvolle Basis für die Zukunft schaffen. Eure Kinder brauchen beide Elternteile. Es mag ja durchaus sein, dass Marks Eltern Unmenschen gewesen sind. Ich habe erst vor wenigen Wochen zufällig in einer Fachzeitschrift gelesen, dass meist Männer die Täter sind, aber auch Frauen neigen zu Gewaltausbrüchen. Es gibt Väter, die ihre Söhne grundlos mit dem Gürtel mehrmals am Tag schlagen oder mit dem Kopf gegen eine Schrankwand, eine Tür oder einen Tisch werfen. Es gibt Mütter, die hilflos zuschauen, aber nichts unternehmen, um ihrem misshandelten Kind zu helfen. Obwohl Gewalt in etlichen Familien zum Alltag gehört, ist die häusliche Gewalt immer noch ein Tabuthema, weil es den Betroffenen unangenehm ist, darüber zu sprechen. Vermutlich sind Marks Eltern solche Monster gewesen, die ihr Kind geohrfeigt, geschlagen und getreten haben. Eine Therapie könnte Mark helfen." Amalias Vortrag klang zwar etwas akademisch, aber sie wollte ihre Freundin mit ihrem Wissen überzeugen.

Sie blieb noch eine Nacht in Düsseldorf und stand somit für Julia auf Abruf bereit. Julia hatte sich felsenfest vorgenommen, am Abend nochmals das Gespräch mit Mark zu suchen. Als dieser mit einem wundervollen Blumenstrauß nach

Hause kam und erneut um Vergebung wegen seines gestrigen cholerischen Ausbruches und Kontrollverlustes bat, meinte Julia nur: „Danke, ich verzeihe dir. Ich hätte, ohne dich zu fragen, niemals den Brief lesen und keinesfalls deine Eltern anrufen dürfen. Aber die flehenden Worte deiner Mutter, sie würde sich so sehr wünschen, dich nach so vielen Jahren wiederzusehen, du solltest dich bitte melden, sie hätte dir längst verziehen, haben mich so sehr berührt. Ich werde auch bald Mutter, vielleicht sind es die Hormone gewesen. Ich musste die hinterlassene Nummer wählen. Ich werde mich nie wieder einmischen. Eine Therapie wäre eine Möglichkeit, das Erlebte zu verarbeiten." Julia hatte den Satz kaum zu Ende gesprochen, da fuhr er sie an: „Ich bin nicht krank. Ich brauche keine Therapie, für einen solchen Humbug ist mir meine Lebenszeit viel zu schade. Aber bitte, wenn du Hilfe benötigst, es gibt auch sicherlich in Newel Behandlungsmöglichkeiten." Julia wollte Mark nicht weiter provozieren. Sie verlor im Laufe des Abends wie auch in den kommenden Tagen, Wochen und Monaten kein Sterbenswörtchen mehr weder über eine Therapie noch über Marks Vergangenheit. Ihr uneingeschränktes Vertrauen in ihren Mann hatte Risse bekommen und diese Situation belastete sie sehr. Nichtsdestotrotz kämpfte sie um ihre große Liebe und ihre Ehe. Während sie ihre Stimmungsschwankungen auf die Schwangerschaft schob, gab Mark dem seit einem Monat vollzogenen Umzug die Schuld an seiner Launenhaftigkeit. Er musste nämlich jeden Tag morgens um 5:30 Uhr das Haus in Newel verlassen, um pünktlich in Düsseldorf seine Arbeit beginnen zu können. Er verbrachte jeden Tag insgesamt fünf Stunden im Auto, falls es Stau gab, verlängerte sich diese Zeit schnell um ein bis zwei Stunden. Ab und zu gab er Julia die Schuld an seiner jetzigen Situation und verhielt sich der werdenden Mutter gegenüber rücksichtslos. Sie versuchte alles, um das neue Haus besonders gemütlich und schön einzurichten, damit Mark sich schnell heimelig fühlen konnte. Auch entschuldigte sie sich nach jedem Streit.

Der Kontakt zu Amalia flachte immer weiter ab. Einerseits kämpfte Julia mit den klassischen Symptomen einer Zwillingsschwangerschaft, wie beispielsweise einer erhöhten Gewichtszunahme und Wassereinlagerungen in beiden Beinen. Andererseits hatte sie schlichtweg keine Zeit mehr für lange Telefonate mit ihrer besten Freundin. Sie musste sich um einen neuen Frauenarzt kümmern. Wegen ihrer Mehrlingsschwangerschaft bestand ihr neuer Gynäkologe auf engmaschigere Kontrollen. So musste sie sich jede Woche einer Vorsorgeuntersuchung unterziehen und jedes Mal mit dem Bus nach Trier fahren. Der Besuch beim Frauenarzt und die Fahrt dorthin dauerten entweder den ganzen Vormittag oder den gesamten Nachmittag, da sie mehrmals umsteigen musste. In Frankfurt bzw. in Düsseldorf hatte sie kaum ihr Auto gebraucht, da die öffentlichen Verkehrsmittel gut ausgebaut sind. Außerdem war sie oft auf ihr Fahrrad gestiegen und hatte sich bequem durch den dichten Straßenverkehr geschlängelt. In Newel vermisste sie ihren Wagen, aber Mark hatte bereits vor der Heirat gemeint, sie bräuchten nur ein Auto, und sie hatte ihren geliebten Alfa Romeo verkauft. Auf ihr Fahrrad konnte sie als werdende Mutter nicht mehr steigen und der Weg von Newel nach Trier wäre ihr sowieso zu weit.

Auch wollte sie unbedingt jedes Zimmer im Haus noch vor der Geburt möblieren und dekorieren. Dies fiel ihr zusehends schwerer. Sie konnte sich kaum noch bücken. Es plagten sie zusätzlich heftige Rückenschmerzen durch die Gewichtszunahme und den größeren Bauchumfang. Mark bemerkte des Öfteren, sie solle nicht so viel essen. Aber sie ernährte sich gesund, ausgewogen und achtete sehr darauf, nicht für drei zu essen. Ihr verständnisvoller Arzt führte ihre Gewichtszunahme auf die Zwillinge zurück. Auch wies Mark sie auf weitere - unbedeutende - Makel hin. Er war eben ein Meister der Schuldzuweisung.

An einem kalten regnerischen Novembertag im Jahre 2011 war es endlich so weit. Die Fruchtblase war noch nicht geplatzt, aber Julia verspürte seit einer Stunde leichte Wehen. Sie war wieder einmal allein zuhause. Obwohl sie ihren Mann gebeten hatte, sich ein bis zwei Wochen vor dem errechneten Geburtstermin Urlaub zu nehmen, lehnte er kategorisch ab. Da Julia noch keinen Kontakt zu anderen Ortsbewohnern hatte, griff sie in ihrer Not zum Telefon. Zuerst rief sie in ihrer Frauenarztpraxis an. Ihr Arzt empfahl ihr, einen Krankenwagen zu rufen. Es war 10:30 Uhr. Dann gab sie Mark und letztlich auch Amalia Bescheid. Diese versprach ihr, schnellstmöglich in Trier zu sein. Sie musste freilich noch ihren Vorgesetzten um Erlaubnis bitten, aber dies dürfte kein Problem sein. Amalia war stets darum bemüht, ihre Arbeit gewissenhaft auszuüben. Nie kam sie zu spät zur Arbeit und fehlte nur bei Krankheit mit ärztlichem Attest. Auch machte sie stets Überstunden, falls es notwendig war.

Um 15:30 Uhr traf sie bei ihrer Freundin im Kreißsaal ein. Diese freute sich sehr, als sie endlich eine Vertraute an ihrer Seite hatte. Von Mark war keine Spur zu sehen. Auf die leichten Wehen folgten bald heftigere und deren Häufigkeit nahm ebenfalls zu. Da sie wegen Mark auf ein Schmerzmittel verzichtete, nahm sie ein Bad in der Geburtswanne, um die Schmerzen besser ertragen zu können. Mark war nämlich der Meinung, eine Frau müsse auf absolut natürliche Art und

Weise gebären. Während Julias Gynäkologe ihr einen geplanten Kaiserschnitt für die Geburt ihrer Zwillinge vorgeschlagen hatte, hatte Mark auf eine spontane Geburt bestanden. Er war felsenfest davon überzeugt, seine Frau schaffe diesen natürlichen biologischen Vorgang. Letztlich erfüllte Julia ihrem Mann den Wunsch einer vaginalen Entbindung. Die Geburtswehen wurden zusehends von Stunde zu Stunde stärker und intensiver. Das Köpfchen eines ihrer Kinder drückte immer heftiger in das Becken hinein. Julia bedauerte ihre Entscheidung sehr, nicht auf ihren Frauenarzt gehört zu haben. Sie verfluchte den abwesenden Mark, beschimpfte ihre anwesende Freundin, die sie immer weiter zum Durchhalten motivierte. Allerdings konnte Julia sich nicht mehr entspannen. Sie verließ die Badewanne wieder. Der Muttermund hatte sich weiter geöffnet, doch es standen noch sehr bange Stunden bevor. Nicht nur die ungeheuerlichen Schmerzen machten ihr zu schaffen, sie kämpfte zusätzlich mit Fieber, einer starken Übelkeit und musste sogar erbrechen. Schweißperlen liefen ihr über die Stirn und sie fing an, am ganzen Körper zu zittern. Ihr Kreislauf stand kurz vor dem Zusammenbruch. Ihr herbeigerufener Arzt konnte sie wieder stabilisieren. Die Höllenschmerzen konnte er ihr leider in dieser Phase der Entbindung nicht nehmen. Plötzlich war es soweit: der Erstgeborene erblickte das Licht der Welt. Er atmete sofort und schien putzmunter zu sein. Die beiden Freundinnen waren erleichtert und Freudentränen kullerten aus ihren Augen. Obwohl sich der oder die Zweitgeborene ziemlich viel Zeit ließ, gab es keine Zeit zum Aufatmen. Das Kind musste erst in Position gebracht werden, denn der Hinterkopf wanderte nicht durch den Geburtskanal. Kaum vorstellbar und äußerst selten: Das zweite Kind hatte sich während des Geburtsvorganges seines

Brüderchens unglücklich gedreht. Ein Baby in einer solch ungünstigen Position, in Steißlage, birgt immer Gefahren. Nun galt es schnell zu handeln.

Das, was in der folgenden Stunde passierte, begleitete die beiden Freundinnen lange. Die Herztöne wurden langsamer und schwächer. Das Köpfchen schien im Geburtskanal fest zu hängen. Der Frauenarzt griff unbeherzt in Julias Vagina hinein. Dies war ein traumatisches Erlebnis für sie. Der Gynäkologe versuchte sein Bestes, um das Zweitgeborene an den Beinen heraus zu ziehen. Julia schrie wie aus Leibeskräften. Plötzlich verschlechterten sich die Herztöne dramatisch. Die Frage nach einem Notkaiserschnitt unter Vollnarkose stand im Raum. Der Arzt wollte einen allerletzten Versuch starten, das Kind auf natürlichem Wege in dieser Beckenendlage auf die Welt zu bringen. Vier Krankenschwestern drückten zusätzlich mit brachialer Gewalt auf Julias Bauch. Die entstandenen Hämatome blieben wochenlang sichtbar. Sie durchlebte zum ersten, aber leider nicht zum letzten Mal die Hölle auf Erden. Dieser Druck sollte jedoch die Geburtsbeschleunigung herbeiführen und wurde letztlich von Erfolg gekrönt. Nichtsdestotrotz erblickte die Kleine mit angeschwollenen Beinchen und völlig blaugefärbt das Licht der Welt. Wegen eines Sauerstoffmangels wurde sie sofort auf die Intensivstation gebracht. Julia war völlig geschafft und entkräftet. Sie benötigte absolute Ruhe und bekam tagelang Infusionen verabreicht.

Als Amalia erschöpft und sorgenvoll den Kreißsaal verließ, kam ihr Mark mit stolzem Gang entgegen. Amalia spürte, wie in ihr die Wut hochstieg. Sie versuchte, ihre Emotionen zu kontrollieren und beherrscht mit Mark zu reden. Jedoch konnte sie sich folgende Frage bzw. ihren Vorwurf nicht verkneifen: „Wo warst du? Julia hätte dich dringend gebraucht.

Du hast Verantwortung deiner Frau und deinen Kindern gegenüber, welche du heute sträflich vernachlässigt hast. Julia hat ungeheuerliche seelische und körperliche Qualen alleine – ohne ihren Mann – durchmachen müssen." Marks nüchterne Antwort lautete: „Sie lebt ja noch." Anstatt Mark den weiteren, teils unmenschlichen und unwürdigen Verlauf der Entbindung detailgetreu zu schildern, hätte sie hellhöriger sein müssen. Aber sie hoffte auf ein Zeichen von Mitgefühl, auf Marks Einfühlungsvermögen. Dieser zeigte vor allem Interesse an Julias erlittener Pein bei der dramatischen Geburtsschilderung der Zweitgeborenen.

Trotzdem wurde Amalia sehr positiv von Mark überrascht, denn dieser kümmerte sich in den kommenden Tagen so gut wie er nur konnte um den kleinen Raphael. Er hatte alleine diesen Namen für seinen Sohn ausgewählt. Für ihn gab es keine andere Namensgebung. Da er und Julia sich vor der Geburt noch nicht einig geworden waren, beschloss Mark seinem Sohn den Namen Raphael zu geben. Seine Tochter nannte er Gabriella, ohne mit seiner Frau nochmals Rücksprache zu halten. Auch hatte er bereits die Namen seiner Kinder dem Standesamt gemeldet. Julia freundete sich mit den Namen an, obwohl sie es begrüßt hätte, ein Mitspracherecht gehabt zu haben. Mark argumentierte, sie sei zu schwach nach der Geburt gewesen und die beiden Namen seien ja bereits in ihrer engeren Auswahl gewesen. Julia war noch immer zu erschöpft, um jetzt mit Mark zu diskutieren. Da sie ebenfalls zu kraftlos war, um ihrer Pflicht als Mutter nachzukommen, hatte Amalia drei Wochen Urlaub beantragt und auch bewilligt bekommen. Sie übernahm so gut es ging die Mutterrolle. Nach einer Woche hätte Julia mit Raphael das Krankenhaus verlassen dürfen. Gabriella musste jedoch weiterhin dort verweilen.

Amalia bot den blutjungen Eltern an, Mark und Raphael in deren Zuhause zu versorgen, damit sich Julia eingehend um die Kleine im Krankenhaus kümmern könne. Das Angebot wurde dankend angenommen.

In den folgenden zwölf Tagen wohnte Amalia in Marks und Julias Haus. Sie erledigte vorwiegend den Haushalt, Mark umsorgte seinen kleinen Raphael. Des Weiteren besuchte er regelmäßig seine Frau und seine Tochter im Spital. Amalia lernte Mark, der noch zwei Wochen Urlaub hatte, näher kennen und musste zu ihrer absoluten Verblüffung feststellen, wie fürsorglich er seinen Sohn bemutterte. War Mark vor der Entbindung eher ein unzuverlässiger, herrischer Ehemann gewesen, der seine Frau anlog, mit dem Umzug, dem Einleben in Newel vorwiegend alleine ließ und ihr einige harte Enttäuschungen zumutete, so gab er sich als Familienvater behilflich, sanft, rücksichtsvoll. Julia durfte nach zwei Wochen das Spital zusammen mit ihrer Kleinen, die sich prächtig entwickelt hatte, verlassen. Mark und Amalia mussten wieder arbeiten. Allerdings versprach Mark nach der Arbeit sofort seiner Frau mit den Zwillingen zu helfen und Amalia bot den beiden an, sie bei Bedarf an den Wochenenden zu unterstützen. Mark hielt Wort. Er kam zwar leicht erschöpft am frühen Abend von der Arbeit nach Hause, zeigte sich stets gutgelaunt und hilfsbereit. Julia blühte in ihrer Mutterrolle auf und freute sich sehr über Marks verändertes Wesen. Auch erwähnte er nie ihr jetziges Übergewicht, sondern zeigte großes Verständnis für ihre zugenommenen Kilos. Da auch er mit einigen unnötigen Kilos kämpfte, unterstütze er sie bei ihren alltäglichen Turnübungen. Er betonte jedoch stets, sie solle nicht zu viel trainieren, damit sie sich nicht überanstrenge. Er tat alles, damit niemand Verdacht schöpfte, er sei ein Unmensch und sich jeder in Sicherheit wähnte.

Gemeinsam planten sie die Taufe ihrer Kinder. Als Julia bemerkte: „Wir haben zwei Kinder und nur eine Taufpatin" und leise anmerkte „Wie wäre es, wenn wir deine Eltern anrufen würden", kontrollierte Mark sogar seine Emotionen. Allerdings verneinte er Julias Vorschlag kategorisch: „Ich habe gedacht, du würdest diese nie wieder erwähnen. Ich bitte dich nochmals, meine Vergangenheit ruhen zu lassen." „Gut, aber wer soll Gabriellas Taufpatin werden? Ich habe keinen Kontakt mehr zu meinen alten Freunden, du hast angeblich keine sozialen Kontakte, meine Eltern sind tot." Mark reagierte verständnisvoll und schlug Amalias Vater als Taufpate vor: „Wie ich im Nachhinein vernehmen konnte, hattest du engen Kontakt zu den Eltern deiner besten Freundin und sie schmerzlich bei unserer Hochzeit vermisst. Ich habe weder Familie noch Freunde. Deine Eltern sind bei einem Verkehrsunfall verstorben. Aber deine Amalia und deren Eltern könnten zum Familienersatz werden." Julia war begeistert und rief sofort bei ihrer besten Freundin an. Auch dieser gefiel Marks Idee sehr. Endlich würden sie wieder alle näher zusammenwachsen. Am Wochenende luden sie Amalia und deren Eltern nach Newel ein. Paul und Renate kannten Mark bis dato lediglich aus den Erzählungen ihrer Tochter und von den Hochzeitsbildern. Mark schien sich mit beiden gut zu verstehen und Amalias Eltern waren von ihm absolut angetan. Sie wünschten sich auch einen solchen Schwiegersohn für ihre Tochter.

Am Tag der Taufe strahlte Julia übers ganze Gesicht und übergab Raphael in Amalias vertrauensvolle Hände, während Mark bedenkenlos Gabriella in Pauls Hände legte. Die Eltern,

Taufpaten und Kinder gaben ein absolut harmonisches Bild ab. Mark hatte Julia ein grandioses Fest versprochen und in der Tat war es eine beeindruckende, gelungene Feier. Die kleine auserwählte Kirche war besonders schön geschmückt, die Kinder sahen festlich gekleidet in ihrem klassischen weißen Taufgewand aus. Die Eltern wie auch die Taufpaten würdigten diesen besonderen Tag, indem auch sie feierlich angezogen waren. Die Taufgesellschaft nahm nachher den Aperitif bei strahlendem Sonnenschein in dem wunderschönen Garten eines Gourmetrestaurants in der Nähe ein. Die Kinder verhielten sich während der Taufe vorbildlich, lediglich Gabriella weinte leicht, als der Pfarrer ihr das geweihte Wasser zum dritten Male über ihr Köpfchen goss. Auch im Restaurant zeigten sich die Zwillinge von ihrer besten Seite. Mark und Julia schienen in vollendeter Harmonie mit ihren beiden, sieben Monate alten Kindern, zu leben. Gewiss vertraute sie längst wieder ihrem Mann, der ihre Glückhormone tanzen ließ. Es gab auch seit der Geburt der Zwillinge keinen Anlass ihm zu misstrauen. Mark war eben ein begnadeter Schauspieler. Während Amalias Gefühle Tango tanzten, schwangen Marks Beine in Gedanken einen ganz besonderen Tanz.

Die versprochene Erholungsreise mit den Kindern fand ebenfalls statt. Kindgerecht verreisten sie zwei Wochen später mit dem Auto in ein Babyhotel. Dies erleichterte ihnen vieles, denn das Hotel in Österreich stellte jeder Familie eine säuglingsgerechte Ausstattung mit speziell eingerichteten Babyzimmern zur Verfügung. Aufgrund der altersgerechten Babybetreuung von 20 Stunden pro Woche, konnten Mark und Julia zudem die Zeit für sich als Paar genießen. Es war ein rundum gelungener Urlaub und Julia träumte zuhause immer wieder davon. Sie sehnte sich nach einer baldigen Rückkehr in dieses Hotel. Dies erwies sich aus finanziellen Gründen als unrealistisch und so blieb ihre Sehnsucht unerfüllt. Nichtsdestotrotz schufen die beiden sich Zeit zu zweit, indem sie Amalia an vielen Wochenenden als Babysitter einsetzten. Diese übernahm die beiden Kinder sehr gerne. Meistens kam sie nach Newel, gelegentlich reisten Mark und Julia nach Frankfurt und sowohl Amalia als auch deren Eltern kümmerten sich liebevoll um Gabriella und um Raphael. Es war eine wundervolle Zeit, welche sie mit ihren Täuflingen verbrachten.

Die Zeit verging wie im Fluge und die Zwillinge feierten ihren ersten Geburtstag mit ihren Taufpaten. Die Vorbereitungen wurden von den Eltern gemeinsam und im Einklang erledigt. Die Geburtstagsfeier zuhause lief harmonisch ab. Alle schienen glücklich zu sein.

In der Folgezeit verlief alles wie in einer intakten Familie. Zu den Weihnachts- und Osterfeiertagen luden sie Amalia und deren Eltern ein. Mark und Julia gönnten sich Zeit zu zweit, indem Amalia regelmäßig auf die Kinder aufpasste. Mark nahm stets freiwillig einen Urlaubstag, um Julia und die Kinder zum Kinderarzt zu fahren, falls eine wichtige Untersuchung oder ein Impftermin anstanden. Er half seiner Frau, wo er nur konnte. Ein Bilderbuch- Ehemann und -Vater, wie man durchaus hätte vermuten können. Obwohl weder er noch Julia Kontakt zu den Ortsbewohnern pflegten, weil Mark der Meinung war, sie sollten auf Abstand bleiben, und nur ab und zu ein Wort mit den Nachbarn reden, wenn sie sich zufällig begegnen würden, störte dies Julia nicht. Sie hatte so viel Arbeit mit den Zwillingen, dass sie den sozialen Kontakt zu den Bewohnern nicht vermisste. Außerdem pflegte sie ihre innige Freundschaft mit Amalia und deren Eltern, sodass sie keine weitere Bekanntschaft oder Freundschaft brauchte. Letztlich wollte sie die Zeit, die sie zur Verfügung hatte, nur mit ihrem Mann verbringen. Es ging ihr gut, ihr Familienleben gefiel ihr. Sie entbehrte nichts – außer einem erneuten Urlaub in Österreich. Aber das Leben mit zwei Kindern, denen es an nichts fehlen sollte, war kostenintensiv. Was den begehrten Hotelaufenthalt betraf, musste sie sich weiterhin in Geduld üben.

Nie wird Amalia den 31. Oktober 2013 vergessen. Mark hatte sie mehrmals gebeten, bereits am Donnerstagabend bei ihnen zu übernachten. Angeblich plante er eine nie dagewesene Überraschung, die voraussetzen würde, dass sie die Nacht von Donnerstag auf Freitag mit ihm, Julia und den Zwillingen zusammen im Haus verbringen würde. Mehr wollte er nicht preisgeben. „Amalia, ich bitte dich inständig, sofort nach Feierabend nach Newel zu fahren. Eine Ankunft vor Mitternacht ist ausschlaggebend für die Sensation am darauffolgenden Tag. Aber verrate deiner besten Freundin nichts. Du und Julia, ihr werdet alles früh genug erfahren." Am Nachmittag des besagten Tages erkundigte sich Mark nochmals, ob Amalia auch wirklich pünktlich ihre Arbeitsstelle verlassen könne. Diese bejahte und spekulierte bereits über Marks Vorhaben. Sie vermutete, er habe nur für sich und Julia einen verlängerten Wochenendtrip geplant, der bereits am sehr frühen Freitagmorgen starten würde und sie solle sich um die Zwillinge kümmern. Anders konnte sie sich nicht erklären, warum sie vor 24:00 Uhr dort sein sollte. Gewiss hatte Mark eine Reise geplant, eine ganz besondere Fahrt stand seiner Familie bevor. Amalia stieg um 18:00 Uhr in ihr Auto, der Verkehr auf der vielbefahrenen Autobahn lief gut. Eine Ankunft einige Stunden vor Mitternacht sollte klappen.

Um 19.15 Uhr klingelte ihr Autotelefon. Am anderen Ende der Leitung sprach ihr Vorgesetzter: „Amalia, ich brauche Sie dringend im Büro. Ein äußerst wichtiger Kunde hat seinen Termin vorverlegt. Er wird Morgen unsere Zentrale besuchen. Es müssen noch einige Verträge ausgearbeitet werden. Wir beide müssen eine Nachtschicht einlegen." Amalia ärgerte sich sehr über diesen Anruf, aber sie konnte ihren neuen Chef nicht im Stich lassen. Sie musste umkehren. Sie hatte aufgrund höherer Aufstiegschancen ihre Stelle im öffentlichen Dienst gekündigt und arbeitete seit über einem halben Jahr für eine private Versicherungsgesellschaft. Der vielfältige Job machte ihr großen Spaß, und ihr neuer Arbeitgeber setzte ihr bereits eine baldige Beförderung in Aussicht. Da es in der Liebe nicht klappen sollte, wollte sie zumindest im Berufsleben Lorbeeren ernten. Amalia versicherte, sie werde in spätestens zwei Stunden da sein. Sie verließ die Autobahn an der nächsten Ausfahrt. Bevor sie zurückfuhr, wählte sie Marks Handynummer. Dieser hob allerdings nicht ab. Sie versuchte es mehrfach auf seinem Mobiltelefon. Zuhause wollte sie ihn nicht anrufen, weil sie die Überraschung nicht zerstören wollte. Also schrieb sie ihm eine Textnachricht: „Lieber Mark, ich weiß, dass ich dich jetzt enttäusche, aber ich kann vor Mitternacht nicht bei euch sein. Es tut mir wirklich leid. Ich muss wegen einer dringenden beruflichen Angelegenheit, die keinen Aufschub duldet, zurück nach Frankfurt. Ich werde aber so schnell wie ich nur kann, arbeiten. Ich verspreche dir, morgen bei euch zu sein. Ich bin jederzeit auf meinem Handy zu erreichen. Falls du vor 9:00 Uhr einen Babysitter brauchst, dann ruf mich an. Meine Eltern werden zu euch kommen und die Kinder versorgen, bis ich da bin. Sie wissen Bescheid. Du kannst auch sie jederzeit anrufen. Ich warte auf deinen Rückruf."

In Frankfurt machte sich Amalia sofort an die Arbeit. Ihr Vorgesetzter, ein vor der Pensionierung stehender Mann, bemühte sich sehr, die ganze Nacht durchzuhalten. Beide waren ein gutes Team und konnten ihren Arbeitgeber zufrieden stellen. Um 5:00 Uhr lagen die Verträge zur Unterschrift bereit. Einerseits hatte Amalia konzentriert gearbeitet, andererseits hatte sie kein Klingelzeichen ihres Smartphones die Nacht über vernommen, sodass sie davon ausging, ihre Ankunft vor 9:00 Uhr wäre für Mark in Ordnung. Sie setzte sich erneut in ihren Wagen und erreichte kurz vor 8:00 Uhr das Haus in Newel.

Als sie aus dem Auto stieg, wunderte sie sich, kein Licht im Haus zu sehen. Draußen war der helle Tag noch nicht angebrochen. Dunkle Wolken legten sich über das Domizil ihres Patenkindes. Normalerweise brannte immer grelles Licht in den Kinderzimmern. Sie klingelte, aber niemand öffnete die Tür. Vielleicht haben sie zu viert einen Ausflug unternommen, dachte Amalia. Sie versuchte per Telefon Julia oder Mark zu erreichen, aber niemand hob ab. Sowohl der Festnetzanrufbeantworter wie auch die Mailbox der beiden Smartphones schalteten sich sofort ein. Beim Anblick von Marks Auto in der Garage, als sie durchs Schlüsselloch des alten Garagentors guckte, verspürte sie bereits ein mulmiges Gefühl. Sie beschloss, die Eingangstür mit dem Hausschlüssel zu öffnen, um nach dem Rechten zu sehen. Julia hatte ihr diesen, als sie schwanger gewesen war, für Notfälle gegeben. Die Notlage entlarvte sich als endgültige Aussichtslosigkeit.

Beim Betreten des dunklen Hausflurs betätigte sie zuerst den Lichtschalter. Sie versuchte diesen mehrmals zu drücken, ohne Erfolg. Der Schalter funktionierte nicht, es blieb dunkel. Da sie sich im Haus auskannte, begab sie sich ins Wohnzimmer. Allerdings ging auch hier kein Licht. Die erst kürzlich elektrisch nachgerüsteten Rolladen bewegten sich ebenfalls nicht. Wie sich später herausstellte, war die Hauptsicherung ausgeschaltet. Amalias Herz schlug plötzlich schneller. Ihr Mund wurde trocken. Angst machte sich in ihrem Körper breit. Sie rief nach Mark, Julia und den Zwillingen. Keiner von ihnen antwortete. Sie ging zu ihrem Wagen zurück. Im Handschuhfach lag eine Taschenlampe. Vor lauter Aufregung vergaß sie die in ihrem Smartphone integrierte LED-Leuchte, welche sich durchaus als Lichtquelle geeignet hätte. Als sie beim erneuten Eintreten im Licht ihrer Taschenlampe einen blutverschmierten Boden sowie mit Blut verschmutzte Wände im Hausflur erblickte, war sie total geschockt. Ihre Augen erspähten unzählige mit Blut bemalte Kreuze an den Mauern. Amalia war restlos entsetzt, ausnahmslos fassungslos. Der Hausflur stellte jedoch nur den Auftakt dar. Der Schauplatz dieses blutigen Verbrechens setzte sich in dem oberen Stockwerk fort. Amalia stieg entgeistert und zaghaft die Treppe hoch, öffnete vorsichtig Julias und Marks Schlafzimmer und stand mitten in einem grausamen Tatort. Überall im Zimmer brannten schwarze Kerzen in meterhohen Ständern. Neben dem kranzförmigen Brautstrauß aus weißen Chrysanthemen befanden sich Astern auf den weißen Kacheln am Boden verstreut. Julias Kopf mit einem Kreuz auf ihrer Stirn bemalt, lag abgetrennt von einigen ihrer oberen Gliedmaßen mitten auf der blutbefleckten Bettdecke. Ihre Füße waren an den Bettrand gefesselt. Amalias Mund stieß geballte Schreie aus. Sie hingegen fühlte sich körperlich wie gelähmt, kraftlos und handlungsunfähig. Nach einer gewissen Zeit hob sie - wie von Sinnen - die Decke hoch. Ihre Augen mussten erneut eine Szene wie aus einem Horrorfilm aushalten. Auf dem ehemals weißen - nun blutüberströmten - Bettlaken lagen inmitten von Julias Armen zerstückelte Leichenteile von Gabriella. Der Kopf der Kleinen fehlte. Eine bestialische Tötung hatte sich hier ereignet. Amalias Körper fühlte sich wie fremdgesteuert an. Sie verließ das Zimmer und trat in Gabriellas Kinderzimmer ein. Auch hier flimmerte schwarzes Kerzenlicht. Ihr Blick fiel sofort auf das kleine Bettchen. Sie rechnete mit dem Schlimmsten. Aber es wurde von Minute zu Minute unvorstellbar furchtbarer. Gabriellas kahlgeschorenes Köpfchen lag fein gebettet, umgeben von einem großen und vier kleinen Kreuzen, mitten auf ihrer Lieblingskuscheldecke. Ein furchtbarer Anblick. Amalia lief sofort laut kreischend aus dem Zimmer wieder hinaus. Ihre blasse Haut war von kaltem Schweiß benetzt. Wie eine Marionette an den Fäden des Puppenspielers, betraten ihre schlotternden Beine ohne ihr Zutun Raphaels Zimmer. Hier standen ebenfalls schwarze Kerzen, die noch aufflammten. Sie fühlte sich wie betäubt und stand erstarrt vor verstümmelten und entstellten Leichenteilen. Der Kopf des Kleinen schien jedoch zu fehlen. Noch nie zuvor - nicht einmal in einem Gruselfilm - hatte sie eine solch grauenvolle Schlächterei gesehen. Sie fühlte sich extrem hilflos und konnte es einfach nicht fassen, wie niederträchtig, brutal, hemmungslos, skrupellos, teuflisch und krank eine Person sein kann, damit sie ein solch abscheuliches, kannibalisches und bestialisches Delikt verübt. Folgende Sätze entsprangen ihrem Mund: „Wer ist dieses Monster? Wie kann ein Mensch zu so etwas fähig sein? Was ist hier passiert? Wo ist Mark?" Anstatt die Polizei zu rufen, marschierte Amalia mit ihrer Taschenlampe wie ferngesteuert weiter durch den blutigen Gang, die Treppe hinunter ins Erdgeschoss zurück. Nachdem sie in den Fluren den blutigen Auftakt und in den drei

Schlafgemächern den scheußlichen Vollzug erlitten hatte, folgte in der Küche der unerträgliche Schlussakt.

Die Wohnküche ging nach hinten in Richtung Garten. Die geschlossenen Rollos schützten wohl vor unerwünschten Einblicken bei Dunkelheit, aber bei Tag ließen sie den größten Teil des Lichtes herein und Amalia erbrach gleich hemmungslos beim Hereintreten. Raphaels kahler Schädel befand sich auf dessen Kinderhochstuhl, der wie gewohnt am Esstisch stand. Auf dem gedeckten Tisch standen drei mit einem Kreuz verzierte Teller auf denen Widerliches präsentiert war. Vor dem Kleinen lagen die ausgerissenen Finger- und Zehennägel sowie Zähne seiner Mutter. Der Platz, der normalerweise Julias Teller zierte, war übersät mit den Wimpern und einzelnen Haaren ihrer Kinder und auf Gabriellas Teller breiteten sich weitere zerhackte Leichenteile aus. Der Täter wollte wohl ein kulinarisches Kunstwerk der etwas anderen Art erstellen. Amalia verlor für kurze Zeit das Bewusstsein. Als sie wieder aus ihrer Ohnmacht erwachte, glaubte sie in einem Drehbuch für einen Thriller mitzuspielen. Leider war es bittere Realität, welche sie umgab: ein lebendiger, widerwärtiger Albtraum. Irgendwie griff sie zu ihrem Handy und wählte den Polizei-Notruf. Sie stand jedoch völlig unter Schock und war anfangs unfähig, einen einzigen Ton herauszubekommen. Ihre Kehle war wie zugeschnürt. Als sie eine sanfte Stimme am Ende der Leitung mit den Worten: „Bitte sprechen Sie. Bleiben Sie ganz ruhig. Wo sind Sie?" ansprach, fing sie plötzlich an maßlos zu weinen. Sie war noch immer unfähig, sich klar und deutlich auszudrücken, obwohl sie sich bemühte. Als die Frau am Notruftelefon ihr sagte, sie solle sich beruhigen, sie habe ihr Smartphone geortet, die Polizei sei in wenigen Minuten bei ihr, kam ein leises „Gott sei Dank" über ihre trockenen

Lippen. Daraufhin folgte jedoch ein enthemmtes Losschreien: „Warum hat Gott Julia und die Zwillinge so gnadenlos im Stich gelassen? Er hat nur zugeschaut. Wo ist Mark gewesen, als diese bestialischen Taten ausgeführt worden sind? Auch er hat weder seine Kinder noch seine Frau beschützt. Ich hasse ihn. Es hat alles keinen Sinn mehr. Meine Julia ist tot. Meine Gabriella, mein liebes Taufkind ist tot. Raphael ist tot. Überall klebt Blut." Sie ließ sich überhaupt nicht mehr beruhigen. Sie stand unter Schock. Ihre Belastungsgrenze war zweifelsfrei restlos überschritten. Die psychologisch geschulte Beamtin am Telefon versuchte noch immer, beruhigend auf sie einzureden. Auch alarmierte sie den psychologischen Notdienst und forderte Verstärkung für die beiden Streifenpolizisten an. Aus Amalias Aussagen konnten die Beamten auf eine Katastrophe schließen.

Am Tatort warteten die zuerst gerufenen Polizisten auf Verstärkung bevor sie das Haus betraten. Aufgrund der gebotenen Dringlichkeit trafen weitere Zivilbeamte unmittelbar ein. Sie besprachen kurz ihr Vorgehen und wollten einmarschieren. Als nach Amalias wahnsinnig panischem Schrei, ein Verstummen bzw. eine Totenstille einsetzte, warteten sie vorsichtshalber auf ein Spezialkommando, welches das Haus stürmen sollte. Kurz darauf sicherten einige Spezialbeamte das Untergeschoss, welches sich als leer entpuppte, andere das Erdgeschoss und wiederum andere das Obergeschoss. In der Küche entdeckten sie Amalia. Sie saß völlig verstört, in sich zusammengekauert in einer Ecke in der Küche und starrte mit leerem Blick und einem angsterfüllten Gesicht die Decke an. Zudem stammelte sie unverständliche Laute. Die Beamten wussten zuerst nicht, ob sie Täterin oder Opfer sei und legten ihr im ersten Moment sicherheitshalber Handschellen an. Im ersten Stockwerk trafen einige Spezialbeamten im Badezimmer auf ein wahres Schlachtfeld. Sie wären fast auf den blutigen Kacheln ausgerutscht. In den beiden blutverschmierten Waschbecken und der Badewanne lagen Folterwerkzeuge sowie Hinrichtungsgegenstände. Ein Mann badete seelenruhig - gekleidet in einem schwarzen Hochzeitsanzug - mit Kopfhörern im frisch vergossenen Blut seiner eigenen Familie und hörte lautstarke Musik. Weit über fünf Stunden schien ihn der 130. Psalm des Alten Testamentes immer wieder zu beglücken. Die „De profundis clamavi ad te, Domine"- Partitur (Aus der Tiefe rufe ich, Herr zu, dir) von Ko Matsushita hatte es ihm wahrlich angetan. Als die Beamten ihn entdeckten, musizierte er wie in Ekstase mit. Schwungvoll bewegte er seine Finger und Hände zum hoffnungsvollen zweiten Teil der besagten Partitur. Er hoffte wohl auf die Gnade wie auch auf die Erlösung des Herrn. Allerdings wurden weder diese erhoffte Erlösung noch die ersehnte Vergebung Realität. Auch konnte das mit Wasser vermischte Blut, in welchem er lag, ihn nicht reinwaschen. Für eine solche Bestie war die Katharsis unerreichbar. Warum Amalia vorhin das Badezimmer nicht betreten hatte, wusste sie im Nachhinein nicht mehr.

Nach der Spurensicherung, dem Eintreffen der Leichenwagen und des Psychologen, der letztlich den psychiatrischen Notdienst hinzurief, wurde Mark in Handschellen abgeführt. Erst jetzt begriff Amalia, wer für diese Schlächterei verantwortlich war. Sie konnte dem Psychopathen Mark niemals verzeihen. Bei der Verhaftung betonte er immer wieder, wie genial er seine Tat vorbereitet habe. Aber leider habe er sie nicht zu 100 Prozent beenden können. Seine schrille Stimme mit dem diabolischen Lächeln im Gesicht so wie Auszüge aus seinem langen Monolog ertönten kontinuierlich in Amalias

Kopf: „Ich bin seit meiner Kindheit der geborene Straftäter. Ich wollte der größte Psychopath aller Zeiten werden und in die Geschichte eingehen. Ich habe nicht im Affekt gehandelt, sondern meine gigantische Tat über viele Jahre hinweg bewusst geplant. Meine Bestimmung war das gnadenlose Töten meiner Auserwählten Julia und unserer gemeinsamen Familie, aber die Patentante habe ich leider nicht erwischt. Sie hat arbeiten müssen und ist nicht zum vereinbarten Zeitpunkt im Haus gewesen. Ich musste mein Vorhaben genau um 24:00 Uhr beginnen. Als die Kirchenglocke Mitternacht schlug, musste ich mit meinem Meisterwerk anfangen, sonst hätte meine Familie nicht noch am selben Tag, in der Früh, im Himmel an der Herrlichkeit Gottes Anteil haben können. Die Tradition besagt die Gräber der Verstorbenen am 1. November mit Kerzen wie auch mit Blumen zu schmücken. Ich habe pflichtbewusst in jedem Schlafzimmer Kerzen angezündet und im elterlichen Schlafgemach zusätzlich Blumen verstreut. Ich habe gebetet und werde morgen an Allerseelen weiterhin beten. Es lebe Jesus Christus! Es leben die Heiligen! Es lebe meine Frau, die sich in den letzten Sekunden vor ihrem Tod absolut frei gefühlt hat! Es leben meine Kinder, deren Körper tot ist, deren Geist jedoch weiterlebt!"

Ein Jahr später musste Mark Metzler sich wegen bestialischen Dreifach-Mordes vor Gericht verantworten. Amalias Therapeut begleitete sie zur Verhandlung. Hätte sie jedoch im Voraus gewusst, was sie erfahren würde, sie hätte keiner Sitzung beigewohnt, denn weitere grauenhafte Details über das unfassbare Schlachtfeld kamen an Tageslicht. Das Blut gefror ihr erneut in den Adern, als sie hörte, wie Mark seine Familie emotionslos zerstückelt und abgeschlachtet hatte. Gäbe es einen Teufel, er würde vor Entsetzen frösteln. Der Pathologe sagte vor Gericht aus, Mark habe seine Frau und Kinder mit einem Messer abgestochen, die Leichen in Einzelstücke zerteilt und letztlich jedes einzelne Familienmitglied enthauptet. Er ging ebenfalls davon aus, dass der Ehemann seiner Frau ein Nervengift verabreicht habe, welches ihr Muskelsystem binnen weniger Sekunden fast völlig gelähmt hatte, denn die Mutter sei während des Tötungsvorganges mehrere Stunden bei vollem Bewusstsein gewesen, die Zwillinge hingegen ungefähr eine halbe Stunde. Weiterhin wies er daraufhin, dass durch die Muskellähmung die Frau zwar jegliche Kraft der Muskeln verloren, den Schmerz durchaus aber gespürt habe, und berichtete weiter, dass der Mann seine Frau gefesselt und mit einem Hammer auf ihre Füße, Beine, Hände und Arme unterschiedlich fest eingeschlagen habe. Dann habe er begonnen ihr die Nägel auszureißen. Danach habe er seine Tochter misshandelt und seine Frau habe möglicherweise ohnmächtig zusehen müssen. Nach der Tötung seiner kleinen Tochter habe er mit einem Messer seiner noch lebendigen Frau leichte bis mittelschwere Stiche am Bauch und am Rücken zugefügt. Bei vollem Bewusstsein seines Opfers habe er vom ausgetretenen Blut Kreuze auf ihre Stirn gemalt.

Amalia erlitt bei diesen neuen Informationen über die bereits gesehene abscheuliche Tat fast einen erneuten seelischen Zusammenbruch. Ihr Therapeut musste mit ihr den Saal verlassen. Sie schrie mehrmals laut auf beim Vernehmen dieser bestialischen Details. Obwohl sie ja durchaus eine blühende Fantasie besaß, konnte sie sich niemals einen solchen kranken Wahn ausmalen. Ihre Julia hatte wahrlich die Hölle auf Erden durchlebt, bevor sie in den Himmel aufgestiegen ist.

Angesichts der fassungslos grausamen Tat, dieser bewussten und im Voraus geplanten Tötung der Ehefrau und der beiden Kinder, wurde bei dem Angeklagten die besondere Schwere der Schuld festgestellt. „Es sei sein freier Wille gewesen, denn er habe vor seinem inneren Auge immer und immer wieder das abgrundtief Böse abgerufen", wiederholte Mark Metzler mehrmals vor Gericht. Auch betonte er, er habe den machtvollen, destruktiven Bestandteil seiner Person vor jedem geheim gehalten. „Ich habe diesen Aspekt meiner Persönlichkeit vor jedem verborgen, damit ich freie Bahn gehabt habe, meinen kaltblütigen Plan schonungslos durchzuführen. Es ist mir mein Leben lang nur um das Töten gegangen. Ich bin der geborene, unsichtbare Killer."

Amalia befand sich erneut in der Psychiatrie. Ihr erster Aufenthalt in der geschlossenen Abteilung dauerte sechs Monate. Während der ersten Monate war sie derart in ihrer Schockstarre gefangen, dass sie künstlich ernährt werden musste. Sie schaute nur bewegungslos an die Decke. Sie war unfähig sich zu bewegen und konnte nicht mehr sprechen. Sie reagierte nicht einmal auf die zarten Berührungen ihrer Mutter. Ihre Seele war zerstört. Später - dank der Medikamente und verschiedener Therapiekonzepte - schaffte sie es, sich aus dieser Schockstarre zu befreien. Aber die posttraumatischen Belastungsstörungen begleiteten sie eine gefühlte Ewigkeit. Immer wieder traten die blutverschmierten Bilder der Toten vor ihren Augen auf. Nach weiteren Monaten wurde sie aus der Klinik entlassen. Aber es folgten etliche Besuche in der Panikambulanz. Ein einziges Schreckgeräusch genügte und die Bilder der toten Julia und deren Kinde waren wieder da. Amalia kämpfte seelisch und körperlich mit den Folgen dieses traumatischen Erlebnisses. Ihre Menstruation blieb auch als

Folge der erlittenen intensiven Nervenkrise am 1.11.2013 dauerhaft aus. Sie wünschte sich sehnlichst, endlich mit der Vergangenheit abschließen zu können. Aus diesem Grund bestärkte sie ihr Therapeut, der Gerichtsverhandlung beizuwohnen. Im Nachhinein war die sogenannte Konfrontationstherapie ein fataler Rückschlag!

Amalia brauchte Jahre, um das Geschehene irgendwie verarbeiten zu können. Als Hobbymalerin versuchte sie sogar in unterschiedlichen Maltherapien, ihre Seele durch Bilder sprechen zu lassen. Aber es plagten sie fast jede Nacht Albträume. Hinzu kamen die schweren Schuldgefühle. Sie warf sich ständig vor, Marks Killerinstinkt nicht erkannt zu haben. Wie sie später von Marks Eltern erfuhr, hatte dessen Karriere als „Straftäter" bereits im Alter von sieben Jahren begonnen, als er grundlos seine Mutter mit der Faust in den Bauch schlug. Sein erstes Tötungsdelikt - drei Jahre später - sei der Hund des Nachbarn gewesen, weil er neidisch auf den Nachbarssohn gewesen sei. Sein Vater hatte ihm ein Haustier verboten und so hatte er dieses auch dem Nachbarjungen nicht gegönnt. Daraufhin hätte er weitere Tiere aus der Nachbarschaft gequält. „Das Schlimmste, was er mir körperlich angetan hat", berichtete seine Mutter weiter am Telefon, „ist ein Messerangriff auf mich selbst gewesen. Er hat - ohne für mich erkennbaren Grund - am frühen Vorabend zu seinem 18. Geburtstag ein Küchenmesser aus der Schublade genommen, es mir an den Hals gehalten und mir Schnitte an der Kehle zugefügt. Nach seiner Tat hat er sich in sein Zimmer zurückgezogen und laute Musik bis tief in die Nacht hineingehört. Am kommenden Morgen ist er weg gewesen. Wir haben über fünf Jahre nicht gewusst, wohin er gegangen war. Einmal habe ich einen Brief erhalten, indem er mich und meinen Mann aufs Übelste beschimpft und uns mitgeteilt hat, er würde uns nie wiedersehen wollen. Ich habe ihm zurückgeschrieben, wohlwollende Worte gewählt, ihn darum gebeten, sich zu melden, aber er hat nie wieder etwas von sich hören lassen. Nun ist er auch für uns tot, denn diese bestialische Tat können weder mein Mann noch ich ihm je verzeihen. Wir haben keinen Sohn mehr", waren die letzten Wörter, die Marks Mutter äußerte bevor sie das Gespräch weinend beendete. Amalia nahm nach einiger Zeit nochmals Kontakt zu Marks Eltern auf. Sie redete über eine Stunde mit ihnen am Telefon. Sie wollte verstehen, warum Mark so war, wie er war und beschloss nach einer gemeinsamen Absprache nach München zu fahren. Sie ließ sich von ihren Eltern begleiten, da sie es alleine in ihrer psychischen Verfassung nicht schaffen würde. Amalia hoffte durch diese Reise, endlich von ihrem Trauma befreit zu werden. Marks Eltern schienen auf den ersten Blick sehr liebevolle Menschen zu sein. Der Vater eventuell etwas forscher als die Mutter. Nach einigen belanglosen Gesprächen, um sich etwas besser kennenzulernen, bat Amalia Marks Mutter, Katarina, sie solle ihr alles über Mark erzählen. Katarina begann: „Mark ist immer wieder als Kind und Jugendlicher risikobereit, unbarmherzig und aggressiv gewesen. Aber er ist bei Menschen nie bis zum Äußersten gegangen. Er hat die Klinge immer nur subtil gewetzt. Wir haben uns in letzter Zeit mehrmals die Frage gestellt, wie unser Sohn zu solch einer bestialischen Tat fähig sein konnte. Wir haben uns große Vorwürfe gemacht? Wir sind schließlich seine Eltern. Wir hätten es niemals soweit kommen lassen dürfen. Ich habe ein Monster geboren. Ich fühle mich schuldig!". Karl, Marks Vater, unterbrach den aufgewühlten Redeschwall seiner Frau: „Da wir uns überhaupt nicht erklären konnten, warum Mark in seiner Kindheit und Jugend immer wieder grundlos skrupellos und gewissenlos gehandelt hat, habe ich akribisch Ahnenforschung betrieben, denn in der Familie meines Vaters hat es immer wieder eine Reihe von Mordfällen an nahen Verwandten gegeben – ausgeführt von einem Familienmitglied. Mich hat das Böse glücklicherweise nie in seinen Bann gezogen, aber meinen Sohn scheint es seit seinem siebten Lebensjahr fasziniert zu haben. Er hat mir bereits mit sieben Jahren erzählt, er habe mit Genuss ein fremdes Mädchen verprügelt und freue sich an dessen Leid. Er ist immer rücksichtsloser geworden, hat skrupellos seine Interessen bzw. Bedürfnisse verfolgt, sich nie an Regeln gehalten und nie ein schlechtes Gewissen gehabt, egal, was er verbrochen hat." Immer wieder musste Karl innehalten, denn er rang um Fassung. Ich habe immer versucht, aus Mark einen anständigen Jungen zu machen. Ich habe ihn auch verprügelt, das muss ich leider zugeben. Ich habe mir nicht anders zu helfen gewusst. Ich habe ihn nicht nur nach dem Lineal, sondern auch mit dem Lineal erzogen. Ich hätte ihm möglicherweise sagen sollen, dass ich ihn liebe. Meine Frau ist da stets nachgiebiger gewesen. Sie hat immer versucht seine Intrigen und Taten zu beschönigen. Er hat sie gekonnt manipuliert. Wir sind uns über den Erziehungsstil nie einig gewesen. Während Katarina immer ein gutes Wort für Mark eingelegt hat, haben sich meine gutgemeinten Worte letztlich als Gewaltausübungen entlarvt. Schließlich habe auch ich erkennen müssen, dass mein strenger Erziehungsstil kläglich versagt hat. Aber ich habe es nur gut gemeint, ich habe doch nicht dulden können, dass Mark sich immer kaltherziger und gleichgültiger seinen Mitschülern, seiner Mutter und unseren Nachbarn gegenüber verhalten hat. Einmal hat er sich derart unbarmherzig gezeigt, dass Katarina weinend ins Haus gelaufen ist. Mark hat - nein ich kann es nicht aussprechen - er hat - ich zitiere 'aus sportlichem Vergnügen' - solange auf eine hilflose, ältere alleinstehende Nachbarin eingeprügelt, bis sie ihm ihre Einkaufstasche inklusive einer Tafel Schokolade, Brot, Butter und Marmelade gegeben hat. Süßigkeiten hat er immer gehasst, aber es ist ihm um Machtausübung gegangen. Er hat ihr zeigen wollen, dass er mit zwölf Jahren der Stärkere sei. Hätte sie ihn doch angezeigt. Aber meine Frau hat sie darum gebeten, nicht zur Polizei zu gehen. Wir hätten seine Taten zur Anzeige bringen müssen. Im Nachhinein weiß ich, dass wir alles falsch gemacht haben und ich kann behaupten, dass es Mark immer nur um die Befriedigung seiner Bedürfnisse ging. Er hat immer fokussiert auf die Erfüllung seiner Anliegen hingearbeitet. Niemals habe ich ihn weinen sehen, auch nicht bei einem erlittenen Rückschlag.

Katarina hatte sich bereits in die Küche zurückgezogen, sie brauchte Abstand. Sie konnte Karls Berichterstattung über die weiteren Schandtaten ihres Sohnes nicht mehr zuhören. Auch sie ahnte früh von Marks ausgeprägter Persönlichkeitsstörung, sie wollte es nur nicht wahrhaben. Sie versuchte stets die psychopathischen Tendenzen ihres Sohnes (Freude am Leid der anderen, Quälen und Töten von Tieren aus der Nachbarschaft…) schönzureden. Hätte sie der Wahrheit früher ins Gesicht geblickt, hätte Mark eventuell geholfen werden können. In der Tat, wenn die Eltern frühzeitig mit ihrem Sohn einen Psychiater aufgesucht hätten, hätte dieser gezielt versuchen können, Marks dunkle Eigenschaften, d.h. seine Verhaltensstörungen zu erklären und bestenfalls mit Hilfe neu erlernter Verhaltensstrategien „abzutrainieren". In der folgenden Stunde sprudelten die unglaublichsten Geschichten aus

Marks Kindheit und Jugend immer wieder aus dem Mund seines Vaters heraus. Er redete wie ein tosender Wasserfall ungehemmt weiter, bis er irgendwann seinen heftigen, in großer Erregung geäußerten Wortschwall mit folgenden Worten beendete: „Ich kann nicht mehr. Wir können nicht mehr. Es ist gut, dass er endlich hinter Gittern ist, nun kann er niemandem mehr absichtlich schaden." Während Amalia die ganze Zeit über mit starrem Blick das Erzählte aufmerksam verfolgte, saßen ihre Eltern nur geschockt da. Sie konnten es nicht fassen, was Karl preisgab. Als sie sich von Katarina und Karl verabschiedeten, diskutierten sie noch lange über das, was er ihnen erzählt hatte. Auch brauchten sie professionelle Hilfe, Zeit und Distanz, um das Gehörte zu verarbeiten und planten vorerst kein weiteres Treffen.

Dank dessen, was Amalia von Marks Eltern erfahren hatte sowie der therapeutischen Aufarbeitung mit mehreren Trauma-Spezialisten und Ärzten, fügten sich eine Reihe von Mosaiksteinen nach vielen Jahren für sie zu einem Bild zusammen. Sie wusste, dass Mark nie Angst verspürt hatte und sich rational zwar in sein Gegenüber hineinversetzen, aber nichts nachempfinden konnte. Auch der Gerichtspsychiater stellte damals fest: „Menschen, denen wie dem Angeklagten, Mark Metzler, das Einfühlungsvermögen in andere und das Mitgefühl für andere Menschen fehlt, können sowohl Tiere als auch Menschen, ohne davon emotional berührt zu sein, bestialisch quälen, strangulieren und umbringen. In Kindertagen, spätestens in der Jugendzeit, zeichnet sich bei diesen Schwerstverbrechern ihr psychopathischer Werdegang bereits ab. Sie handeln kaltherzig und empathielos. Es freut sie sogar, wenn ihre Opfer leiden. Sie zeigen sich rücksichtslos und handeln kontrolliert und berechnend. Sowohl ihre Wutanfälle wie auch ihre Gefühlsausbrüche sind geplant. Sie sind in den meisten Fällen hochintelligent. Das Böse kommt oft in der Gestalt des Verführerischen daher, ohne - wie bereits erwähnt - dass der sogenannte Psychopath echte Gefühle empfinden würde. Weiterhin verfügt er über die besondere Gabe, sich jeder Situation sofort anzupassen. Es geht ihm letztlich nur um Machtausübung."

Gewiss hatte auch Mark alles genauestens geplant. Er hatte nur eine deutschsprachige Frau namens Julia heiraten wollen, damit er ihr Romeo sein konnte. So hatte er seit seinem 18. Lebensjahr in Deutschland und im Ausland stets nach einer Julia Ausschau gehalten, die er gleich manipulieren könnte. Letztlich durfte sie weder einen Bruder noch eine Schwester haben, im besten Fall auch keine Eltern mehr. Dies ermöglichte es Mark, nur wenigen Menschen seine Rolle vorspielen zu müssen. Aus diesem Grund hatte auch er nie irgendeinen sozialen Kontakt gepflegt. Es war ihm dann doch zu anstrengend vor Freunden, Bekannten oder Arbeitskollegen seine Fassade aufrechtzuerhalten. Er wollte um jeden Preis seine Tarnung wahren. Sobald sich ein persönlicher Kontakt zwischen einem Arbeitskollegen und ihm anbahnte, kündigte er, zog in eine andere Stadt und suchte sich eine neue Stelle. Er versuchte stets äußerst zurückgezogen zu leben. Die für Mark perfekte Wahl einer Frau war eine mühselige Arbeit. Er besuchte über zehn Jahre lang unter anderem Ausstellungen, Vorträge, Museen, Konzerte, Kirchen im Inland wie im Ausland. Sobald er eine Frau gefunden hatte, die Julia hieß, fragte er sie spätestens beim zweiten Treffen nach ihrer Familie. Er wollte keine unnötige Zeit vergeuden. Stellte sich heraus, dass die besagte Julia kein Einzelkind war, brach er den

Kontakt gleich ab. Was für ein Glück diese Frauen gehabt hatten, blieb ihnen womöglich ihr Leben lang verborgen. Amalias Freundin hingegen umgarnte er weiter mit seinem oberflächlichen Charme. Schnell hatte er einst in Rom bemerkt, dass sie sich von ihm angezogen fühlte und sie leicht zu beeinflussen sei. Er schwärmte einst vom ausgezeichneten italienischen Schaumwein und obwohl sie Prosecco noch nie gemocht hatte, mundete dieser ihr sehr. Um sicher zu sein, dass Julia Mark auch wirklich interessant finden würde, hatte er ihr bewusst am ersten Abend seine Telefonnummer verschwiegen und war unvermittelt in der dunklen Nacht verschwunden. Sie hatte ihm ja schließlich verraten, sie würde am kommenden Tag das Pantheon besuchen. So hatte er damals den ganzen Tag auf sie dort - zufällig - gewartet. Zum Schein hatte er zwei Tage später in Florenz auf Amalias Interessen und Abneigungen Rücksicht genommen. Er hatte unbedingt auch sie von sich überzeugen wollen.

Der berechnende Mark hatte an alles gedacht, er hatte kein Risiko eingehen wollen. Das Ziel seines Lebens war die rasche Umsetzung seiner Tat. Als er vernommen hatte, dass seine Frau ihre beste Freundin wirklich vermissen würde, hatte er Amalia angeboten, Taufpatin zu werden. Hatte diese durchaus Zweifel im Hinblick auf Mark gehegt, so hatte sie ihm nach der Geburt der Zwillinge vertraut. Mark hatte eben gekonnt den rücksichtsvollen, liebenswürdigen Ehemann und Vater gespielt. Niemand hatte ahnen können, welch abnormer Mensch, welch ungeheures Monstrum er war. Er hatte seine teuflische Seele, seinen Dark-Faktor, meisterhaft versteckt. Den Namen für seinen Sohn hatte er ebenso bewusst gewählt. Der Erzengel Raphael ist der Engel der Heilung. Sein Name bedeutet „Gott heilt" bzw. „Heiler Gottes". Allerdings konnte

Mark nicht geheilt werden, auch nicht durch seinen Sohn. Da sein zweitgeborenes Kind ein Mädchen war, sollte sie zumindest den weiblichen Vornamen eines männlichen Erzengels erhalten. Der Vorname Gabriel bedeutet, „die Macht bzw. die Kraft Gottes". Als Verkünder der Geburt Jesu wurde Erzengel Gabriel auch zum Engel der Geburt und der Hoffnung. Gabriella war jedoch eher die Verkünderin des Todes.

Das gesprochene Urteil nahm Mark, ohne Reue zu zeigen, ohne moralische Skrupel zu kennen, gehobenen Hauptes, am 16. Februar 2015, stoisch entgegen. Es schien ihm nichts auszumachen, lebenslänglich weggesperrt zu werden. Er hätte zwar die Todesstrafe verdient, aber die war seit 1949 in der Bundesrepublik Deutschland abgeschafft. Amalia betonte ständig in ihrer Gesprächstherapie, Mark hätte zum Tode verurteilt und hingerichtet werden müssen. Sie schaffte es über Jahre hinweg nicht, Abstand von den abscheulichen Bildern der verstümmelten Julia wie auch der abgeschlachteten Kinder zu nehmen. Amalia konnte jahrelang das Trauma nicht vollständig verarbeiten, es als Teil ihres eigenen Lebens annehmen und letztlich akzeptieren. Immer wieder holten sie Panikattacken und Flashbacks ein. Vor ihrem inneren Auge lief ihr gesamter Gang durch die verschiedenen Zimmer entlang des blutverschmierten Flures ab. Sie entwickelte sogar eine ausgeprägte Angststörung und verkroch sich wochenlang in ihrer Wohnung. Ihre Eltern bemühten sich sehr, ihr zu helfen. Sie unterstützten sie, wo sie nur konnten. Sie informierten sich auch über die besten ausländischen Psychiater und die erfolgreichsten privaten Kliniken. Aber Amalia brauchte viel Zeit, um ihr psychisches Gleichgewicht wiederherstellen zu können und Teil des alltäglichen Lebens zu werden. Ihre Mutter sowie ihr Vater beanspruchten eine Gesprächstherapie, weil sie das, was ihre Tochter und Marks Eltern ihnen geschildert hatten, auch verdauen mussten. Niemals hätten sie mit einem solchen Schicksal gerechnet. Niemals hätten sie es für möglich gehalten, dass ein Mensch derart schauspielern könnte. Sie hatten sich ja des Öfteren einen Schwiegersohn wie Mark gewünscht. Glücklicherweise wurde ihr Wunsch nicht erhört. Nichtsdestotrotz hatte Mark ihrer Tochter auch viel Leid zugefügt. Zudem ertappten sie sich in den folgenden Jahren immer wieder dabei, ihre Mitmenschen ständig zu überwachen. Auch waren sie besorgt, als Amalia einen neuen Freund in der Schweiz im Jahr 2018 besuchte.

Amalia lernte Peter in einer ausländischen Privatklinik im Jahr 2017 kennen. Er, der weltweit gefragte Wirtschaftsanwalt, für den Dramen oder Katastrophen nur auf der anderen Seite des Verhandlungstisches stattfanden, musste am eigenen Leib erfahren, was es heißt, mitten in einer Krise zu stecken. Er war medikamentenabhängig und litt unter einem Burnout.

Dieses Privatspital für Psychosomatische Medizin, Psychiatrie und Psychotherapie bot ein facettenreiches therapeutisches Wochenprogramm an. Amalia besuchte vor allem die Kunsttherapie, die Kreativwerkstatt und die Entspannungstherapie. Peter fokussierte sich auf die Musikgruppe und fand ebenfalls an der Sport- und Bewegungstherapie reges Interesse. Beide hatten sich für den Gruppenkurs „Zurück zur Stabilität im Alltag" eingetragen. In den folgenden Sitzungen gab es neben einigen theoretischen Abhandlungen auch praktische Übungen, welche man zu zweit erledigen musste. Amalia verspürte großes Unbehagen, sich mit einem Mitglied aus dem Kurs zusammenzutun. Sie zögerte anfangs sehr und musste sogar den Kurs für kurze Zeit verlassen. Sie schaffte es einfach nicht, mit einem Fremden gemeinsam eine Aufgabe zu erledigen. Sie konnte dieser fremden Person nicht vertrauen. So stand sie Peter mit gesenktem Blick gegenüber. Als dieser sie, wie die Trainingseinheit es vorschrieb, leicht auf die Schulter tippte, schreckte sie in sich zusammen und lief kreischend aus dem Raum hinaus. Einer der Therapeuten folgte ihr, sprach ihr beruhigende Worte zu und ermutigte sie, wieder mitzumachen. Sie willigte ein, aber sie schaffte es momentan nicht. Zu sehr holten sie die Bilder ihrer toten Julia und deren Kinder wieder ein. Am darauffolgenden Tag schämte sie sich für ihr Benehmen vom vorigen Tag. Sie nahm all ihren Mut zusammen, indem sie mit diesem Peter ein Zweierteam zu bilden versuchte. Trotz erheblicher Anstrengung ihrerseits zitterte Amalia am ganzen Körper, als Peter behutsam ihre Hände anfasste, damit sie die Partnerübung umsetzen konnten. Sie schien die Einzige in der Gruppe zu sein, die solch erhebliche Schwierigkeiten empfand, einem unbekannten Menschen Vertrauen zu schenken. Aber die anderen Teilnehmer hatten auch kaum ein solches Trauma erlebt. Sie konnte seit dieser Zeit nicht mehr ihrer Arbeit in der Versicherungsagentur nachgehen, was sie ebenfalls sehr schmerzte, denn sie liebte ihren Job. Aber ein Kundengespräch oder gar ein Besuch bei einem potenziellen neuen Kunden war schlicht undenkbar für Amalia. Sie hatte unbezahlten Urlaub genommen. Sie gab nämlich die Hoffnung nicht auf, irgendwann einmal an ihren Arbeitsplatz zurückzukehren. Aus diesem Grund wollte sie nach ihrer mehr als einjährigen Krankschreibung auch nicht das Angebot auf Invalidenrente annehmen. Sie war schließlich erst Ende Dreißig und hatte noch nicht viel in die Rentenkasse eingezahlt.

Würde sie auf Dauer erwerbsunfähig bleiben, würde ihre Invalidenrente äußerst knapp ausfallen. Aber mit dieser Tatsache wollte sie sich nicht beschäftigen, denn sie tat alles, um schnellstmöglich wieder am Berufsleben teilhaben zu können. Dank ihres sparsamen Lebensstils und des Zuschusses ihrer Eltern konnte sie von ihren Ersparnissen leben bzw. vielversprechende Therapieangebote wahrnehmen und sogar diese renommierte Fachklinik in der Schweiz besuchen.

Bei einem Spaziergang im klinikeigenen Parkgelände entdeckte Peter Amalia, die auf einer schattigen Bank saß. Er grüßte sie mit einer herzlichen Geste, sie hingegen warf ihm lediglich einen verlorenen Blick zu. Peter setzte seine Promenade fort, spekulierte aber über Amalias Schicksal.

In den kommenden Wochen begegnete Peter Amalia mehrmals täglich im Park. Sie grüßten sich gegenseitig und wechselten ab und zu einige Worte. An einem sonnigen Nachmittag saß Amalia wieder einmal auf der Parkbank und winkte Peter zögernd zu, als dieser durch den Klinikpark spazierte. Er näherte sich ihr mit einem Lächeln im Gesicht und setzte sich zu ihr. Während sie sich nun wieder zurückhaltender verhielt, erzählte er ihr ausführlich von seinem Burnout: „Obwohl ich viele Jahre äußerst erfolgreich im Berufsleben gestanden habe, haben mich schwere Ängste geplagt, den beruflichen Anforderungen nicht mehr gewachsen zu sein. Zudem haben sich starke Gefühle des allgemeinen Versagens hinzugesellt. Als Jurist habe ich mich auf internationales Wirtschaftsrecht spezialisiert. Während meines erfolgreichen Jurastudiums in der Schweiz, gefolgt von einem zweiten Universitätsabschluss in Harvard, habe ich parallel betriebswirtschaftliche Seminare belegt und einige ausländische Industriepraktika wie auch inländische Gerichtspraktika gemacht.

Als Abiturient habe ich bereits fließend Englisch, Russisch und Spanisch beherrscht. Hinzu ist das Erlernen der arabischen Sprache wie auch das Studieren von Mandarin gekommen. Ich habe beharrlich und akribisch gelernt und mir keine einzige freie Minute gegönnt. Ich habe der Beste unter den Besten meines Jahrganges sein wollen, in der Gesellschaft aufsteigen und Kontakt zu den wichtigsten Persönlichkeiten aus der Welt der Politik, Industrie und Wirtschaft bekommen wollen. Ich habe hart gekämpft und nur so von Selbstsicherheit gestrotzt. Letztlich habe ich mein gestecktes Ziel erreicht. Nie ist mir mein Arbeitspensum zu hoch gewesen. Eine 80-Stunden-Woche hat zur Normalität hinzugehört. Auch habe ich jeglichem Druck standgehalten. Ich bin über Jahre hinweg ein gefragter Wirtschaftsanwalt gewesen, aber leider nicht mehr mit einer stabilen psychischen wie auch physischen Gesundheit begnadet." Da Amalia ihm immer noch sehr aufmerksam zuhörte, fuhr er mit der Erzählung seines alten Lebens weiter: „Ich habe ab 2012 die aufstrebenden Privatbanken in den Vereinigten Arabischen Emiraten und zwei Jahre später zusätzlich die besten Investmentberater in China beraten. Als ich im gleichen Jahr zum Partner in einer großen wirtschaftsrechtlich ausgerichteten Kanzlei auserwählt und am Gewinn beteiligt gewesen bin, ist mein Stern bei den Finanzmultis immer höher gestiegen Diese haben mehrere meiner Qualitäten geschätzt, wie zum Beispiel meine Teamfähigkeit und mein gnadenloses Verhandlungsgeschick. Blitzschnell habe ich schwierige wirtschaftliche Zusammenhänge überblickt und innerhalb kürzester Zeit die komplexen, wettbewerbspolitischen Zusammenhänge erkannt. Als 2010 die Finanzkrise das Emirat Dubai in schwere Geldnöte gestürzt hat, bin ich mit am Konferenztisch gesessen und habe gekonnt in die richtige Richtung gesteuert, indem ich in Windeseile die Fusion von Weltkonzernen vorbereitet habe. Fortan habe ich zur heimlichen Elite des krisenresistenten Wirtschaftslebens gehört. Ich habe in Insiderkreisen den glorreichen Spitznamen „Fels in der Brandung" bekommen. Meine Züricher Wohnung habe ich in den letzten Jahren fast nur noch zum Kofferwechseln betreten. Ich bin dem amerikanischen Trend, 24 Stunden am Tag erreichbar zu sein, gefolgt und zwischen den arabischen Golfstaaten und den asiatischen Metropolen hin- und hergejettet. Ich habe einen harten Arbeitsalltag durchlebt und manchmal nicht gewusst, in welcher Stadt ich morgens aufgewacht bin. Einige Kanzleipartner hatten ihren wohlverdienten Ruhestand angetreten und nur noch mein Name und der des Gründers der Kanzlei zierten das Namensschild als Partner. Die weiteren Associates haben sich noch bewähren müssen, um in den Partnerschaftsvertrag aufgenommen zu werden. Meine Aufstiegsspirale hat unaufhörlich zu sein geschienen. Wäre da nicht der Flug am 31. Mai 2016 gewesen." Amalia schaute ihm immer noch interessiert in die Augen. Ein Fortschritt, denn solange hatte sie den Blickkontakt noch nicht halten können. Peter setzte die Darlegung seines alten Lebens fort: „Ich bin wie üblich in den A380-800 einer arabischen Fluggesellschaft gestiegen. Die First-Class ist kaum besetzt gewesen, nur ein weiterer Schweizer, dem ich ab und zu auf dieser Flugroute begegnet bin, hat in der ersten Klasse gesessen und bereits fleißig an seinem Laptop gearbeitet. Fast lautlos ist das vierstrahlige doppelstöckige Großraumflugzeug zum Start gerollt und hat nach wenigen Minuten bereits abgehoben. Zum ersten Mal habe ich auf die modernen, architektonischen Konstrukte aus

Glas, Stahl und Beton, die sich in den arabischen Himmel erheben, geblickt. Ich habe festgestellt, dass diese Hightech Schmuckstücke noch wesentlich spektakulärer aus der Luft seien, als aus direkter Nähe betrachtet. Der Airbus ist nun beinahe lautlos durch die Lüfte gegleitet, als plötzlich ein ohrenbetäubender Lärm aus Suite 2A ertönte. Sofort hat sich eine der Flugbegleiterinnen zu dem besagten Passagier begeben. Als sie hektisch die Suite wieder verlassen hat, hat sie sich die größte Mühe gegeben, gelassen zu wirken und zu lächeln. Kurz darauf ist der Purser in das „Apartment" 2A mit einem Sauerstoffgerät eingetreten. Gleichzeitig hat eine Stewardess nach einem Arzt an Bord gefragt. Glücklicherweise haben in der Business-Class gleich zwei Ärzte gesessen. Wie sich später herausgestellt hat, hat einer von ihnen als Allgemeinmediziner in Deutschland praktiziert und ist auf der Rückreise von einem Kongress gewesen. Der andere hingegen, ein Intensivmediziner, hat sich auf dem Rückflug mit seiner Familie aus dem Urlaub in Dubai befunden. Leider ist jede Hilfe zu spät gekommen. Der Mann auf 2A hat einen tödlichen Herzinfarkt gleich nach dem Start erlitten. Eine der Flugbegleiterinnen hat sich im Laufe des fast siebenstündigen Fluges lange mit mir unterhalten, ich bin ja als einziger Passagier in der Ersten Klasse übriggeblieben. Sie hat mir erzählt, dass ein plötzlicher Todesfall vor allem auf der Langstrecke nicht so selten vorkomme, wie man meinen würde. Ihre neue Kollegin sei leicht geschockt, sie habe sich daran gewöhnt. Jedes Crewmitglied tue stets sein Möglichstes, um kollabierte Fluggäste wiederzubeleben, aber dies gelinge leider nicht immer. Würde ein Passagier während des Fluges versterben, würden die Flugbegleiter diesen so schnell wie möglich in den mit an

Bord beförderten Leichensack umbetten." Bei dem Vernehmen des Wortes Leichensack kamen Amalia unvermittelt wieder die Bilder der Leichensäcke, in denen Julia und die Zwillinge lagen vor Augen. Sie zitterte am ganzen Körper und Peter wusste nicht, wie er sich verhalten sollte. Er fragte deshalb Amalia, was los sei. Diese starrte ihn mit einem melancholischen und entsetzten Blick an. Peter sprach ihr zuversichtliche Worte zu und Amalia erwähnte, dass sie ein schlimmes Trauma erlitten und fortan mit den Folgen, wie anhaltenden Ängsten und posttraumatischen Belastungsstörungen zu kämpfen habe. Peter wusste nicht, ob sie einem Terrorattentat zum Opfer gefallen war, ob sie das Opfer einer brutalen Vergewaltigung gewesen war oder ob sie Verlusterfahrungen erlebt hatte. Er traute sich jedoch nicht, sie zu fragen. Er selbst wollte früher ebenfalls nicht zum Reden gedrängt werden. Mittlerweile hatte er gelernt, sich nicht nur seinem Therapeuten zu öffnen, sondern auch anderen Patienten von seinen Ängsten und Problemen zu erzählen. Die beiden verabredeten sich zu einem gemeinsamen Spaziergang am darauffolgenden Tag und Amalia fragte ihn, wie sein Leben nach dem geschilderten Ereignis auf dem Flug weiterging. „Mir ist damals schlagartig bewusst geworden, dass es auch mich hätte treffen können. Ich habe nämlich meine Gesundheit sträflich vernachlässigt und nur für meinen Job gelebt. Ruhepausen oder Urlaub sind für mich stets ein Fremdwort gewesen. Ich habe mich an meinem beruflichen Erfolg ergötzt. Für Freunde oder Bekannte habe ich nie Zeit gehabt. Ich weiß nicht einmal mehr, wann ich meinen Jugendfreund Reto zuletzt gesehen habe, geschweige denn, was aus ihm geworden ist. Angesichts des unvermittelten Todes dieses Geschäftsmannes habe ich mein bisheriges Leben überdacht und mir folgende Fragen gestellt: Wer wird an meinem Grab stehen, wenn ich abrupt aus der Blütezeit meines Lebens herausgerissen werden? Wird überhaupt jemand um mich trauern? Ich habe weder eine Freundin, noch eine Frau. Auch Kinder sind mir nie wichtig gewesen. Die blutjungen arbeitsbeflissenen Rechtsanwälte in der Kanzlei warten doch nur auf meinen Abgang, damit einer von ihnen die gierig begehrte Partnerschaft angeboten bekommt. Sie werden sicherlich an meinem Grab innerlich jubeln. (Amalia zuckte immer wieder beim Vernehmen der Wörter „Grab und Tod" zusammen, aber sie bemühte sich weiter aufmerksam zuzuhören). Stirbt ein berühmter Wirtschaftsanwalt oder beendet er frühzeitig seine beispiellose Karriere, so klopft sein im Vorfeld designierter Nachfolger bereits einige Tage später an die Tür dieses Haifischbeckens. Das ist und bleibt die bittere Realität in dieser kaltherzigen Branche. Solange man im Strom mitschwimmen kann, wird man gefeiert und bejubelt. Versagt man, ist es vorbei. Niemand fängt einen Geschäftspartner auf oder beklagt dessen Tod. Und urplötzlich hat mich ein undefinierbares Gefühl heimgesucht. Mein Herz hat schneller geschlagen, mein Mund ist trocken geworden und ich habe Probleme bekommen, meine Atmung zu kontrollieren. Ein Gefühl der Einsamkeit, vermischt mit Angst, ist in mir hochgestiegen. Letztlich habe ich weder Freunde noch Familie. Zu meinen Adoptiveltern habe ich den Kontakt früh abgebrochen, da sie mich nie in meinem beruflichen Werdegang unterstützt haben. Meine leiblichen Eltern kenne ich nicht. Geschwister habe ich keine. Aber diese familiäre Konstellation hat mich nie gestört. Meine soziale Situation habe ich frei gewählt. Beim Landeanflug auf Frankfurt habe ich versucht, meine Gedanken als unbedeutende Gefühlsduselei abzutun. Ich habe mich auf das

Wesentliche konzentrieren wollen. Schließlich hatte ich meine Arbeit den ganzen Flug über vernachlässigt. So etwas hat sich in Zukunft nicht wiederholen dürfen. Ich habe keine Schwäche zeigen wollen. Nach der Landung hat mich der Chauffeur der Airline sofort in die Kanzlei gefahren. So sehr ich mich auch bemüht habe, so wenig habe ich es geschafft, konzentriert zu arbeiten. In den folgenden Monaten hat mich erneut - meistens unter Stress, wie sich später herausgestellt hatte - in unregelmäßigen Abständen ein unheilvolles Angstgefühl heimgesucht. Völlig unerwartet sind mir in einem klimatisierten Konferenzraum Schweißperlen über die Stirn gelaufen und mein Herz hat angefangen zu rasen. Ich habe versucht, mir nichts anmerken zu lassen und durchzuhalten. Aber es ist mir sehr schwergefallen, die Fassung zu bewahren und den Deal abzuschließen, wenn meine Hände gezittert haben. Nachts bin ich mehrmals schweißgebadet aufgewacht. Ich habe geglaubt, einen Herzinfarkt zu bekommen, da ein beklemmendes Gefühl über Stunden hinweg meine Brust heimgesucht hat. Hinzu ist ein unangenehmes Kribbeln in Armen und Beinen gekommen. Aus diesem Grund habe ich am 1. August 2016 in Asien die Notfallambulanz einer Privatklinik aufgesucht. Mein Herz hat sich stundenlang überschlagen. Ich habe Angst davor gehabt, bald sterben zu müssen. Ich habe endlich die Ursache abklären lassen wollen. Ich habe dem Arzt präzise beschrieben, wie alles abgelaufen ist, und habe beiläufig den Tod des beruflichen Vielfliegers auf Sitzplatz 2A erwähnt. (Amalia versuchte tapfer durchzuhalten, obwohl ihr Körper zitterte). Nach umfangreichem Untersuchen hat der Kardiologe einen Herzinfarkt sowie weitere Herzkrankheiten und Herzrhythmusstörungen ausschließen können. Seine Diagnose hat gelautet: Panikattacken. Nichts

Lebensbedrohliches. Aber diese Attacken sind hartnäckig und unangenehm. Da ich fließend Mandarin spreche, was den chinesischen Chefarzt sehr beeindruckt hat, haben wir uns beide lange über meinen beruflichen Werdegang und meine nichtexistierenden menschlichen Kontakte unterhalten." Amalia unterbrach Peter, indem sie mit einem verständnisvollen Blick meinte: „Oh, ich weiß, wie schlimm solche Attacken sind, ich verstehe Sie sehr gut, Peter. Erzählen Sie weiter." Peter setzte seinen Monolog fort: „Der chinesische Arzt wusste genau, wie unmenschlich die Arbeitswelt sein kann, denn in China stehen die arbeitsbeflissenen, strebsamen Einheimischen wie auch die leistungswilligen Ausländer permanent unter Leistungsdruck. Jeder ist dazu verpflichtet, höchsten Arbeitseinsatz zu geben und sich mit seiner Firma oder seinem Konzern zu identifizieren. Ein Mittelmaß wird nicht akzeptiert, stattdessen wird allerhöchste Leistungsbereitschaft gefordert. Die wirtschaftliche Dynamik fordert eben ihren Preis, die Gesundheit. Ich habe mir klare Ziele in der Vergangenheit gesetzt, diese hartnäckig verfolgt und habe mit den Folgen leben müssen. Ich wie auch Abertausende haben unser privates Glück dem Weiterkommen im Berufsleben geopfert. Uns wird Respekt erwiesen. Wir werden zu den wichtigsten Events, Konferenzen und so weiter eingeladen. Wir werden gesehen und gehört. Wir hetzen pausenlos atemlos durch die Welt von einem Termin zum anderen. Falls einer von uns den hohen Konkurrenzkampf nicht mehr aushält, falls einer sich den aggressiven Business-Methoden nicht mehr unterordnen will, dann muss er kapitulieren. Dies ist und bleibt die schonungslose Wahrheit. Ich habe also die freie Wahl gehabt, entweder meine Panikattacken als Teil meiner Persönlichkeit anzunehmen, sie aushalten, wenn sie mich erneut begleiten würden, oder alles aufzugeben. Anfangs habe ich nicht daran gedacht, mich unterkriegen zu lassen. Ich bin immer ein Macher, ein Pragmatiker, ein Könner gewesen. Ich habe stets den Weg angegeben, der zum Ziel geführt hat. Ich habe mich doch nicht von einer Angststörung beherrschen lassen wollen. Ich habe die Kontrolle über meinen Körper wieder selbst übernehmen wollen. (Auch Amalia hätte gerne in diesem Moment wieder die Kontrolle über ihren Körper gehabt, aber dieser zitterte weiter. Peter schien dies nicht zu merken, denn er redete pausenlos weiter). Diese Zuversicht hat durchaus nach außen geklappt, weil ich ein Kämpfer gewesen bin. Ich habe meisterhaft die kommenden Attacken ignoriert und in der Welt der Wirtschaftsanwälte geglänzt. Jeder hat auf mich geschaut, jeder hat mich bewundert und ich habe dieses erhabene Gefühl, einer der Besten zu sein, genossen. Leider habe ich vermehrt zu Beruhigungsmitteln gegriffen. Ein Allgemeinarzt hatte sie mir für Notfälle verschrieben. Ich jedoch habe sie regelmäßig eingenommen und sogar eigenmächtig die Dosis gesteigert. Die Attacken sind ausgeblieben. Aber ich habe mich zusehends schlaffer gefühlt und große Mühe gehabt, mich zu konzentrieren. So bin ich zu einem weiteren Allgemeinarzt gegangen und habe nach Aufputschmitteln gefragt. Auch dieser Mediziner hat mir ein Rezept ausgestellt. Allerdings hat er darauf hingewiesen, die Tabletten nur während eines begrenzten Zeitraums einzunehmen. Anfangs bin ich noch überzeugt davon gewesen, nur bei wichtigen Verhandlungen auf die Medikamente zurückzugreifen, alsbald habe ich mich dem Gegenteil gebeugt. Ich habe abends Einschlaftabletten und morgens Wachmacher genommen, bis zu meinem Zusammenbruch Ende 2016 in der Kanzlei. Ab diesem Zeitpunkt habe ich die bittere Pille schlucken müssen. Ich bin süchtig und leide unter einem Burnout. Der gerufene Notarzt hat mich in die Notaufnahme eines städtischen Klinikums verlegt und von dort bin ich auf die Intensivstation gekommen. Da ich nicht wollte, dass womöglich einer meiner Klienten oder die Presse mich in diesem Krankenhaus aufspüren konnten, habe ich um eine Verlegung in eine Privatklinik, sobald mein Zustand stabil sei, gebeten. Diesem Wunsch wurde von Seiten der Ärzte zugestimmt, und so bin ich hierhergekommen." Amalia konnte in dem Moment nur sagen: „Ihr Leben ist auch aus dem Gleichgewicht geraten, aber es scheint Ihnen besser zu gehen, Sie können über alles sprechen."

Normalerweise aß Amalia auf ihrem Zimmer. Da ihr Therapeut sie jedoch stetig ermutigte, im klinikeigenen Restaurant ihre Mahlzeiten einzunehmen, betrat sie mit schlotternden Knien und einem unsicheren Blick den Speisesaal. Es gab freie Tischauswahl. Sie konnte einen Einzel-, Zweier- oder Vierertisch belegen. Da Peter gleichzeitig selbstbewusst den Raum betrat, schlug er ihr vor, gemeinsam mit ihm zu dinieren. Sie nahm die Einladung zögerlich an. Auf der Menükarte standen wie immer ausgezeichnete warme und kalte Speisen. Peter wählte eine zünftige Vorspeise, Amalia hingegen konnte nur eine leichte Flädlesuppe gefolgt von einem süßen Toblerone-Törtchen essen. Peter bemerkte ihre erhöhte Anspannung. Sie hielt sich stets mit einer Hand verkrampft an der Tischkante fest und wippte mit den Füßen. Auch ein unwillkürliches Zucken ihrer Augenlider fiel Peter auf. Um sie abzulenken, sprach er von seinen beruflichen Reisen um die Welt. Nachdem er festgestellt hatte, dass Amalia aufmerksamer zuhörte, wenn er über die beziehungsorientierte Kultur zwischen Tradition und Moderne in den Vereinigten Arabischen Emiraten erzählte, vertiefte er seine Äußerungen: „Da meine Kanzlei im arabischen Raum langfristige und nachhaltige Geschäftsbeziehungen aufbauen wollte, versuchte ich die geschäftlichen Verbindungen zunächst auf der persönlichen Ebene aufzubauen und erfuhr von den wahren Statussymbolen der Emirati. Diese ergötzen sich zwar an ihren pfeilschnellen Sportflitzern, sie prahlen auch gerne mit der brachialen Motorleistung ihrer getunten Lamborghini, Ferrari, Bentley oder Rolls Royce. Aber ihre Kamele, welche untrennbar mit dem Leben der Beduinen verbunden sind, stellen eines ihrer wahren Statussymbole dar. Die Golfaraber vergessen nie das, was sie ihren Vorfahren zu verdanken haben. Obwohl es in der heutigen Zeit, fast keine traditionellen Beduinenvölker mehr gibt, konnten diese dank der Intelligenz und Ausdauer ihrer Wüstenschiffe das ewige Meer aus Sand erobern. Diese Tiere garantieren nämlich den Warentransport und schaffen es, bis zu 250 Kilogramm zu transportieren. Sie besitzen die unglaubliche Fähigkeit, ohne eine Pause einzulegen, achtzehn Stunden durch die erbarmungslose Hitze der Wüste zu marschieren und halten mindestens zehn Tage ohne Wasser durch." Da Amalia mittlerweile etwas entspannter wirkte, setzte Peter seinen Monolog fort: „Erstaunlicherweise geben diese einzigartigen Tiere am zehnten Tag dennoch fettarme Milch, die reich an Vitamin C ist, ab. Diese wunderbaren Tiere regulieren letztlich selbst ihre Körpertemperatur: nachts kühlen sie ihren Körper auf 34 Grad Celsius herunter und tagsüber liegt ihre durchschnittliche Temperatur bei 42 Grad Celsius. Aus tiefster Dankbarkeit für die früheren, gigantischen Leistungen schenken die Emirate ihren Kamelen nicht nur höchste Aufmerksamkeit und Liebe, sondern sie erweisen ihnen ebenfalls ihre Ehre, denn die Wüstenschiffe gehören zum Kulturerbe ihres Landes. Sie bauen ihnen die modernsten

Stallungen mit speziellen Kamelduschen und Pools. Sie pflegen sorgfältig ihr Fell und geben ihnen nur die gesündeste Ernährung." Obwohl Peters Wissen Amalia faszinierte, verabschiedete sie sich alsbald und lehnte Peters Vorschlag, einen Verdauungsspaziergang zu machen, ab. Sie war müde, das Sitzen im Speisesaal unter all den Menschen zehrte an ihren Kräften.

Am kommenden Morgen berichtete sie stolz ihrem Therapeuten von ihrem Erfolgserlebnis im Restaurant: „Ich saß an einem Zweiertisch und habe zum ersten Mal nicht frühzeitig den Raum verlassen. Ich habe zwar Fluchtgedanken gehabt, aber ich bin nicht geflüchtet. Ich habe meine Angst überwinden können und sogar eine Vor- wie auch eine Nachspeise gegessen." Nach ihrem Therapiegespräch fasste sie erneut den Mut, auch das Mittagessen in der Gemeinschaft einzunehmen. Sie setzte sich an einen Einzeltisch nahe am Ausgang und bestellte dieses Mal nur eine schmackhafte Hauptspeise. Nach dem Essen begab sie sich wie fast immer am frühen Nachmittag in die Kreativwerkstatt. Hier konnten die Patienten ihrer Fantasie freien Lauf lassen und sich künstlerisch austoben. Wegen Starkregen und heftigen Windstößen verzichtete Amalia nach dieser schöpferischen Tätigkeit auf die frische Luft im Klinikpark und ging gleich auf ihr Zimmer. Auf dem Korridor traf sie Peter und beide verabredeten sich zum gemeinsamen Abendessen. Amalias Nervosität war deutlich sichtbar im Klinikrestaurant. Ihre Körpersprache verriet, dass ihr Körper einen Kraftakt leisten musste. Aber sie schaffte es anfangs, nicht aus dem Raum zu flüchten. Sie erkundigte sich bei Peter über weitere jahrhundertealte Traditionen in den Vereinigten Arabischen Emiraten. Dieser gab gerne Auskunft: „Die Falknerei ist ein weiteres historisch bedeutsames Statussymbol.

Die Beute der Falken hat nämlich einst die Beduinenstämme ernährt. Auch diese Greifvögel haben das Überleben der Araber gesichert. Aus diesem Grund sind noch heute die Emirati diesen ganz besonderen Tieren dankbar. Sie lieben ihre wertvollen und flinken Könige der Lüfte, die zwischen vierzehn und achtzehn Jahre alt werden können, genauso innig wie ihre Kamele und Pferde. Sie investieren viel Zeit in einen Falken, wenn sie ihn selbst trainieren oder viel Geld in die Ausbildung eines Falkners. Dieser muss die Fähigkeit besitzen, Vertrauen und Einfühlungsvermögen zu den Gleitern der Lüfte aufzubauen. Der Falke ist und bleibt ein gefiederter Herzensfreund der Golfaraber. Seine durchschnittliche Geschwindigkeit liegt bei etwas mehr als 250 Kilometer." Kaum hatte Peter den letzten Satz ausgesprochen, liefen Amalia unerwartet Tränen aus den Augen. Peter fragte, ob er etwas falsch gemacht habe, aber sie entschuldigte sich nur, stand auf und ging hastig weg. Einer der Therapeuten folgte ihr. Peter hingegen fühlte sich hilflos. In der Hoffnung Amalia würde wiederkommen, wartete er mit der Bestellung seines Essens. Sie allerdings verbrachte den Rest des Abends mit einem der diensthabenden Ärzte. Sie konnte sich fast nicht mehr beruhigen. „Wissen Sie", fing Amalia an zu schluchzen und versuchte zu erzählen. „Als mein Tischnachbar so ausführlich über die Falken gesprochen hat, habe ich mich an die Ausführungen meiner allerbesten, toten Freundin erinnert. Auch sie hat leidenschaftlich über ein Thema sprechen können und Falken bewundert, obwohl sie nie einen gesehen hat. Mir ist wieder einmal bewusst geworden, dass ich sie nie, nie wiedersehen werde. Meine Julia ist tot. Ihre Kinder sind genauso wie sie auf bestialische Art und Weise von ihrem Ehemann bzw. ihrem Vater ermordet worden." Plötzlich holte die Vergangenheit Amalia wieder ein. Sie steigerte sich förmlich in ihr erlebtes Trauma hinein. Sogar der erfahrene Arzt konnte sie kaum noch beschwichtigen. Er hatte große Erfahrungen mit schwersttraumatisierten Menschen in Amerika gesammelt und brachte sein gesamtes Können ein. Letztlich gelang es ihm, Amalia ohne Beruhigungsspritze in die Realität zurückzubringen. Er verdeutlichte ihr immer wieder, dass es sich nur um eine Erinnerung handeln würde, die Gefahr vorbei und sie in Sicherheit sei. Nach dieser heftigen Krise mied Amalia einige Tage den Kontakt zu Peter. Dieser dachte oft an sie: „Was habe ich bloß gesagt? Warum hat Amalia so unvermittelt Tränen in den Augen gehabt? Bin ich schuld an ihrem brüsken Verschwinden aus dem Speiseraum gewesen? Werde ich Sie noch vor meiner Entlassung in zwei Tagen sehen?"

Als sich Peter vom Klinikpersonal verabschiedete, ging Amalia zufällig mit hängenden Schultern und trägem Schritt vorbei. Peter rief ihr zu: „Amalia, bitte warten Sie. Ich muss Ihnen etwas Wichtiges mitteilen." Sie drehte sich langsam um, sie hatte ihn überhaupt nicht wahrgenommen. „Verehrte Amalia, es tut mir sehr leid, wenn ich etwas Falsches gesagt habe und Sie meinetwegen weinen mussten. Bitte verzeihen Sie mir. Ich werde jetzt nach Hause fahren. Meine Zeit hier ist vorbei. Ich werde ein neues Leben anfangen und blicke zuversichtlich in meine neue Zukunft. Falls Sie mit mir in Kontakt bleiben wollen, gebe ich Ihnen meine Telefonnummer wie auch meine Adresse. Ich würde mich sehr über einen Anruf freuen." Amalia lächelte kurz und spürte instinktiv, dass sie Peter vertrauen konnte. Sie gab ihm zu verstehen, dass nicht er, sondern sie das Problem sei: „Danke, ich muss mich bei Ihnen für mein Verhalten entschuldigen. Aber ich habe Schreckliches erlebt. Es ist nicht Ihre Schuld gewesen. Ich habe Sie ja darum gebeten, mir von den arabischen Traditionen zu erzählen. Es ist auch sehr interessant gewesen. Aber irgendwie haben mich Ihre Aussagen an meine geliebte, tote Freundin erinnert. Plötzlich fühlte ich mich unwillkürlich in meine Vergangenheit zurückversetzt und alles lief wieder vor meinen Augen ab. Solche Flashbacks holen mich ab und zu immer wieder ein. Ich komme einfach nicht dagegen an. Ich schaffe es nicht, sie abzustellen, so sehr ich mich auch anstrenge." Peter erkannte Amalias Hilflosigkeit und wollte ihr gerne helfen: „Wenn ich etwas für Sie tun kann, sagen Sie es mir. Ich weiß nicht, was Ihnen zugestoßen ist, aber Sie können mit mir reden, wenn Sie wollen. Vielleicht hilft es Ihnen, wenn sie ihr Leid einem fast Fremden klagen. Ich kann nicht nur lange Monologe über mein altes Leben halten, ich bin auch ein guter Zuhörer. Ich werde Sie nichts fragen, Sie brauchen nur das auszusprechen, was Sie wollen oder preisgeben können. Ich verurteile Sie nicht, bewerte Sie nicht und gebe Ihnen auch keine guten Ratschläge. Ich höre einfach nur kommentarlos zu." „Aber Sie gehen in diesem Augenblick nach Hause. Ihr Taxi wartet doch auf Sie", erwiderte Amalia. „Ihr neues Leben fängt an. Sie haben bestimmt keine Zeit mehr für mich und meine Geschichte." „Doch", entgegnete Peter, „ich erstatte dem Fahrer seine bisherigen Kosten und bestelle mir später ein neues Taxi." Amalia bat Peter, sie auf ihre geliebte Parkbank zu begleiten. Während sie sich anfangs etwas beherrschte, sprudelte ihre Vergangenheit im Folgenden nur so aus ihr heraus. Sie war selbst erstaunt, wie leicht ihr die Sätze über die Lippen gingen. Sie begann ihren langen Monolog mit der damaligen Italienreise im Sommer 2010. Auch erzählte sie vom Tod der Eltern ihrer besten Freundin, von Julias Hochzeit und der Taufe ihrer beiden Kinder. Peter entpuppte sich wahrhaftig als geduldiger Zuhörer. Als Amalia irgendwann mit der genauen Schilderung dessen, was sich am 1.11.2013 ereignete, anfing, fiel es auch ihm schwer, die Fassung zu wahren. Aber er hielt durch und konnte das Gehörte kaum für wahr halten. Er dachte auf alles vorbereitet zu sein, aber er lag falsch. Je barbarischer Amalias Erzählungen wurden, desto schlimmer wurde es für Peter einfach nur zu zuhören. Er strengte sich an, um nicht die Fassung zu verlieren. Er fand Amalias abscheuliche Beschreibungen abgründig und verächtlich. Niemals hätte er es für möglich gehalten, dass ein Mann zu solch tierischem Tun, zu solch einem unmenschlichen Vergehen fähig sei. Angesichts des brutalen Horrorszenarios, das Amalia widerfahren war, wunderte sich Peter nicht mehr über ihre Reaktionen, die er bereits selbst miterlebt hatte. Nachdem sie ihm alles verraten hatte, stockte sein Atem und die absolute Sprachlosigkeit stand ihm ins Gesicht geschrieben. Er konnte ihren hürdenreichen Weg zu einem normalen Alltag jetzt durchaus begreifen. Er konnte nachvollziehen, dass immer noch Alltagssituationen sie verstörten. Er wusste allerdings nichts zu sagen. Das, was sie ihm beschrieben hatte, übertraf all seine Erwartungen. Selbst er hatte einen Schockmoment beim Vernehmen ihrer Worte gehabt. Das Einzige, was seine Lippen hervorbrachten, war: „Welch quälendem Martyrium Ihre Freundin letztlich erlag, ist ungeheuerlich. Welch geißelndes Martyrium Sie miterlebt haben, ist unvorstellbar. Ich bin total erschüttert. Was für ein Glück Sie gehabt haben, dass Ihr Chef Sie damals im Auto angerufen hatte. Dieser Anruf war lebensrettend für Sie." Amalia fühlte sich erleichtert, sich Peter offenbart zu haben. Dieser hingegen brauchte etwas Zeit, um alles zu verdauen.

In der Folgezeit machte Amalia große Fortschritte in der Klinik. Das, was ihr wirklich den entscheidenden Impuls gegeben hat, waren Bilder von Gehirnen psychopathischer Straftäter. Es war kaum zu glauben! Ein Neurologe, Gastprofessor an der Klinik, zeigte ihr etliche Kernspintomografen-Aufnahmen und erklärte ihr diese gebetsmühlenartig: „Sehen Sie sich diese Gehirnareale genau an. Diese hier stehen für Mitgefühl und diese dort für Impulskontrolle. Bei Psychopathen – (er zeigte auf ein weiteres Bild) – sind diese von Geburt an unterentwickelt. Ich habe mit den besten Neurowissenschaftlern und Hirnforschern aus Amerika viele Jahre lang die Gehirne von Psychopathen und deren Familienmitgliedern erforscht. Es gibt eine genetische Veranlagung für Psychopathie und Psychopathen haben nachweislich nicht nur weniger Schuldgefühle, sondern sie zeigen auch keine Reue." Amalia erinnerte sich an Marks Vater, der von etlichen Mordfällen in der Verwandtschaft gesprochen hatte, und war nun felsenfest davon überzeugt, dass auch Mark genetisch vorbelastet war.

Sie telefonierte regelmäßig mit Peter und er besuchte sie gelegentlich an den Wochenenden. Er hatte wieder Fuß im Leben gefasst. Seine Entscheidung, sich komplett aus der Kanzlei zurückzuziehen, bedauerte er keineswegs. Sein Beruf als Rechtsanwalt machte ihm immer noch Spaß, aber er wollte nichts mehr mit dem internationalen Wirtschaftsrecht zu tun haben. Dieses unbarmherzige Anwaltsgeschäft passte nicht mehr in sein neues Konzept. Auch würde seine jetzige Arbeitsmentalität keiner Sozietät mehr behagen, die stets komplexe Mandate mit hohem Arbeitsvolumen zu akquirieren versuchte. Er konnte sich vorstellen, eine kleine Kanzlei außerhalb von Zürich zu öffnen und seinen zukünftigen Mandanten mit Rat und Tat zur Seite zu stehen. Er würde jeden persönlich in allen Belangen gewissenhaft und professionell beraten bzw. vertreten. Auf erfolgreiche Unternehmen, Institutionen und Organisationen sowie auf Finanzmultis aus der Wirtschaft und Politik konnte er getrost verzichten. Das war ihm früher wichtig gewesen. Aber er hatte sich grundlegend verändert. Sein oberstes Gebot war eine ausgewogene Work-Life-Balance mit ausgeprägten sozialen Kontakten. Er hatte bereits Kontakt zu seinem einzigen Jugendfreund aufgenommen. Dieser freute sich sehr, nach über 25 Jahren wieder etwas von ihm zu hören. Da Reto nicht mehr in der Schweiz, sondern in Indonesien lebte, gestaltete sich ein sofortiges Wiedersehen schwierig. Peter dachte gelegentlich ebenfalls daran, sich bei seinen Adoptiveltern zu melden. Er hatte sein Ersatzelternhaus mit 18 Jahren verlassen. Sein Adoptivvater Hans wie auch seine Adoptivmutter Anna, welche verwurzelt in ihrer Karosserie- und Lackierwerkstatt lebten, hatten einst sein Universitätsstudium kategorisch abgelehnt. Sie sahen die Zukunft „ihres Sohnes" in ihrer Reparaturwerkstatt. Peter wollte sich nie die Hände an einem Auto schmutzig machen und half stets in den Ferien nur widerwillig dort aus. Auch interessierte er sich überhaupt weder für das Innen- noch das Außenleben eines Wagens. „Sein Vater" wollte jedoch unbedingt die Nachfolge seines kleinen Familienbetriebes gesichert sehen. Noch heute klangen Hans´ Worte - kurz vor Peters Maturitätsprüfung - keineswegs wie Öl im Getriebe in dessen Ohren: „Mein Vater hat über viele Jahrzehnte hinweg seine gesamte Energie und Zeit in diese kleine, aber feine Werkstatt gesteckt. Er hat sie durch Höhen und Tiefen geführt. Auf dem Sterbebett habe ich ihm mein Wort gegeben, sie zu übernehmen und sie in seinem Sinne weiterzuführen. Auch ich arbeite hart für meine Familie. Deine Mutter macht zusätzlich zur Hausarbeit die Kundenbetreuung und die Buchführung. Ich wünsche mir, dass du, Peter, dies zu schätzen weißt und alsbald deine KFZ-Lehre hier antreten wirst. Auch kannst du nach deiner bestandenen Matura gleich die Buchführung übernehmen und „deine Mutter" entlasten. Anna und ich möchten in ungefähr sieben Jahren die gesamte Führung an dich übertragen, damit wir endlich das nachholen können, was wir bis jetzt im Leben verpasst haben. Selbstverständlich werden wir dich weiter unterstützen und dir mit Rat und Tat zur Seite stehen. Wir werden unseren Familienbetrieb nicht an eine dritte Person verkaufen." Da Peter sich vehement gegen ein Werkstattleben wehrte, sah er damals die Trennung von seinen Adoptiveltern als einzigen Ausweg an.

In der vorherigen Woche hatte Peter sich einige Objekte in ländlicher Umgebung im Kanton Zürich zwecks Gründung seiner neuen Allgemein- und Einzelkanzlei angeschaut. Es durstete ihn sehr, in den kommenden Jahren als Einzelanwalt eine ganzheitliche Tätigkeit auszuüben. Er wollte nicht mehr als Spezialist, sondern fortan als Generalist tätig sein. Wichtig dabei war ihm, sein eigener Herr zu sein. Ob er gegebenenfalls eine Assistenzkraft beschäftigen würde, wusste er zu diesem Zeitpunkt noch nicht. Auf dem Weg zur Unterzeichnung seines Mietvertrages begegnete er zufällig einem seiner früheren Mitstreiter aus der Großkanzlei: „Hi Peter, was verschlägt einen pfiffigen Pfundskerl wie dich nach Pfungen." Stolz verkündete dieser ihm: „Ich habe eben in dieser kleinen Gemeinde meinen Pachtvertrag für meine neue Kanzlei unterschrieben." „Während ich den Nachlass meiner verstorbenen Eltern hier regele und zum Partner in deiner früheren Kanzlei ernannt worden bin, geht es für den einstigen

Felsen in der Brandung von der größten international ausgerichteten Wirtschaftskanzlei in Zürich in die Feld- Wald- und Wiesenkanzlei nach Pfungen", fuhr dieser höhnisch fort. Letztlich meinte er in einem spöttischen Ton: „Das nenne ich einen gewaltigen Karrieresprung nach unten." Peter schmunzelte und wandte sich von ihm ab. Er freute sich, nichts mehr mit den oberflächlichen, karrieregeilen Kollegen zu tun zu haben. Er wollte zukünftig nicht mehr leben, um zu arbeiten, sondern nur noch arbeiten, um zu leben. Somit sah er seine Neuorientierung keineswegs als beruflichen Absturz an. Im Gegenteil, eine sogenannte Feld- Wald- und Wiesenkanzlei war in seinen Augen ein echter Glücksgewinn.

Amalia hatte die Klinik in der Schweiz vor einem Monat verlassen, stand allerdings noch in telefonischem Kontakt zu den dortigen Ärzten und Therapeuten. Auch pflegte sie weiter ihre Freundschaft zu Peter. Sie telefonierten regelmäßig am Wochenende mehrere Stunden miteinander und erzählten unter anderem von ihrem jetzigen Alltag. Unter der Woche arbeitete Amalia von zuhause aus. Sie versuchte wieder einer geregelten beruflichen Beschäftigung nachzugehen, schaffte es allerdings noch nicht in einem Großraumbüro zu sitzen. Während ihrer Tätigkeit im öffentlichen Dienst hatte sie in Abendkursen eine Ausbildung zur Finanzwirtin abgeschlossen. Jetzt half ihr dieses Diplom, um von zuhause aus, die elektronischen Steuererklärungen zu überprüfen. Wie früher arbeitete sie akribisch und gewissenhaft. Des Weiteren besuchte sie regelmäßig ihre Eltern, die sich sehr über die Fortschritte ihrer Tochter freuten. Der Aufenthalt in der Schweiz und die Freundschaft zu Peter hatten Amalia wahrlich geholfen. Sie schöpfte wieder Mut und Zuversicht in nächster Zukunft, ein normales Leben führen zu können. Peter ermutigte sie, ihm in seiner Heimat einen Besuch abzustatten und schlug vor: „Steig einfach am kommenden Samstag in den Zug von Frankfurt nach Zürich. Ich hole dich am Bahnhof ab, wir bummeln durch die malerischen Gassen der Altstadt und gönnen uns ein Stück hausgemachten Kuchen in einer der traditionsreichen Konditoreien. Falls du magst, organisiere ich dir ein Hotel mit Blick auf die Limmat. Falls du lieber in meinem Gästezimmer übernachten möchtest, du bist herzlichst eingeladen." Amalia gab sich leicht zurückhaltend. Sie war seit August 2010 nicht mehr verreist und bat um Bedenkzeit. Einerseits lockte sie eine Reise in die Schweiz, da sie dieses Nachbarland kaum kannte. Andererseits überkam sie beim Gedanken daran ein leichtes Angstgefühl. Nichtsdestotrotz überwogen die Neugierde und die Freude Peter wieder zu sehen. Amalia betrat mit einem flauen Gefühl im Magen am frühen Morgen den Zug in Richtung Zürich. Während der fast fünfstündigen Fahrt vertrieb sie sich die Zeit, indem sie sowohl aus dem Fenster blickte, als auch in einen Reiseführer über die Schweiz. Sie war derart in die malerische Landschaft vertieft, dass sie fast vergessen hätte, im Hauptbahnhof auszusteigen. Ob die Schweiz oder Peter zu ihrem Felsen in der Brandung werden würde?

# Anhang
## Bereits erschienene Werke unter dem Pseudonym „Amal Blu" wie auch unter Anne Hastert

**Es ist Zeit zu gehen**
Eine atemlose Erzählung seziert den Verfall der EU

Ein personaler Erzähler führt durch das Geschehen und lässt den Leser an den Gedankengängen des Protagonisten Dr. Hans Becker teilhaben. Dieser spricht schonungslos u.a. über den Werteverfall, die fehlenden Reformen des Bildungsministeriums, das besorgniserregende Gesundheitssystem in der EU.
Der 53-jährige verantwortungsbewusste Dermatologe Dr. Hans Becker fühlt sich in Deutschland zunehmend entfremdet von der Welt, die ihn umgibt. Auf einer Reise zu seinem Studienfreund Dr. Werner Rudi Löhle trifft er in der Folge eine lebensverändernde Entscheidung.

Dieses gesellschaftskritische Buch zeigt den Lesern, Wege aus einer Lebenskrise zu finden. Selbst für Leser, welche sich in Zufriedenheit wähnen, ist dieses Werk interessant: Sie werden sich ihrer kostbaren und begrenzten Lebenszeit bewusst. Zudem spielt die Geschichte an realen Orten, unter anderem im Grand Resort Bad Ragaz, und der Protagonist tauscht sich teilweise mit realen Personen beispielsweise mit Prof. Mang aus.

Verlag trediton, Hamburg 2017

ISBN:
978-3-7439-6417-4 (Paperback)
978-3-7439-6418-1 (Hardcover)
978-3-7439-6419-8 (E-Book)

**Professor Rütli**
Die etwas andere Reiseerzählung

Oscar Wilde ist bekannterweise nie ohne sein Taschenbuch gereist. Das vorliegende Buch – in 18 Kapitel eingeteilt und mit authentischen Bildern versehen – ist so ein Buch, das jeder mit sich tragen will, um unterwegs die kleinen Pausen ansprechend zu füllen.
Der leidenschaftliche Schönheitschirurg Professor Rütli legt 2004,04 Kilometer zurück. Dubai, Abu Dhabi, Shanghai, Hangzhou sind u. a. Ziele, die viele Menschen gern selbst sehen würden, jedoch aus unterschiedlichen Gründen selten bereisen. Dank des Professors kann jeder diese Metropolen luxuriös entdecken, in die Kulturen der bereisten Länder eintauchen und letztlich mit dem Professor ein Schlüsselerlebnis in der Liwa-Wüste erleben.

Verlag trediton, Hamburg 2017

ISBN:
978-3-7439-7755-6 (Paperback)
978-3-7439-7756-3 (Hardcover)
978-3-7439-7757-0 (E-Book)

## Mein Leben mit Luigi – ein gelebtes Leben?
Chaotischer Italiener trifft auf ordnungsliebende Deutsche

Dieses Werk thematisiert eine schicksalhafte Liebesgeschichte zwischen Vergänglichkeit und Glück. Die angehende Gymnasiallehrerin Klara verliebt sich in den zukünftigen Modedesigner Luigi. Sie zieht zu ihm in die Fashionmetropole Mailand und lebt zunächst sein Leben.

Eines Tages schlägt das Schicksal unbarmherzig zu und zwingt Klara, über ihr bisheriges Leben mit dem kapriziösen Luigi nachzudenken. Sie stellt Risse in ihrer Ehe fest. Während der feurige und lebenslustige Modeschöpfer das abenteuerliche und pulsierende Dasein als Glücksspiel ansieht, leidet Klara zusehends unter dieser oberflächlichen Lebensauffassung. Sie beginnt einen quälenden Kampf, um den Spagat zwischen Kreativität und Kontrolle zu schaffen.

Das Buch entführt die Leser nach Indien und diese lernen facettenreiche Fakten über die Kultur und die Lebensgewohnheiten dieses Landes kennen. Ferner geht es für Luigis Muse Klara nach Down-Under. Authentisches Bildmaterial erleichtert es den Lesern, sich die Orte genau vorzustellen.

Verlag tradition, Hamburg 2017

ISBN:
978-3-7439-8287-1 (Paperback)
978-3-7439-8288-8 (Hardcover)
978-3-7439-8289-5 (E-Book)

## The Blue Age of Fiji
Eine Auftragsarbeit in englischer Sprache

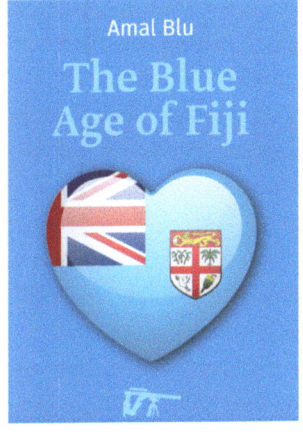

Die Reisereportage, welche 2019 erschienen ist, habe ich selbst drucken lassen und kann nur bei mir selbst, in einigen Tourismusbüros wie auch in Luxushotels erworben werden. Weitere Details mit einer Leseprobe befinden sich auf meiner zweisprachigen Homepage mit Reiseblog:

www.lookandluxury.com

**Kerosin in den Rollen**
Work Hard – Fly High

Der reiselustige Anton, dessen Rollen das Leben und das Reisen repräsentieren, gewinnt in seinem Kofferleben einen ausführlichen Eindruck von fremden Ländern, Kulturen, Traditionen, Menschen und erlebt etliche Abenteuer. Jeder seiner drei Besitzer stellt andere Anforderungen und Anton meistert jegliche Aufgabe, obwohl das Schicksal und das Spiel des Lebens ihm auch die Schattenseiten seines Kofferdaseins zeigen. Der kosmopolitische Koffer, der die besondere Gabe hat, einfallsreich und unterhaltsam zu sein, jettet durch die Welt. Asien, Afrika, Nordamerika, Ozeanien und Europa sind die Ziele, die viele Menschen gern selbst sehen würden, aber aus unterschiedlichen Gründen selten bereisen. Dank Anton, können sie nun an einer faszinierenden Weltreise teilnehmen. Erleben Sie, liebe Leser, mit Anton und seinen drei Besitzern unter anderem Antons vermeintlich letzte Reise, welche mit einem Airport-Trauma endet, wie auch seinen Lebensbeginn, der sich als rissige Startbahn offenbart.

Verlag Twentysix, Norderstedt 2020

ISBN:
978-3-7407-6800-3 (Paperback)
978-3-7407-7676-3 (E-Book)